Oma ist tot – keiner hätte gedacht, dass sie tatsächlich noch mal stirbt –, und sie wünscht sich in der Heimat, in Bosnien, nach muslimischem Brauch begraben zu werden. So macht sich die 32-jährige Enkelin Lania zusammen mit ihren beiden Brüdern, die wie sie in Italien aufgewachsen sind, auf den Weg, der Großmutter den letzten Wunsch zu erfüllen. Ein melancholischer Roadtrip voller grotesker Hindernisse beginnt: mit dem Zug, Bus, per Anhalter und zu Fuß gelangen sie schließlich nach Srebrenica. Es ist eine Reise ins verwundete Herz Europas, auf der Suche nach der eigenen Identität, voll von schwarzem Humor und starken Gefühlen.

ELVIRA MUJČIĆ, 1980 im heutigen Serbien geboren, hat in Bosnien und Kroatien gelebt, bis sie mit zwölf Jahren als Flüchtling nach Italien kam. Sie schreibt auf Italienisch, übersetzt aus dem Serbischen, Kroatischen und Bosnischen und ist Autorin mehrerer Romane und Theaterstücke. Elvira Mujčić lebt in Rom.

ELVIRA MUJČIĆ

BALKAN BLUES

ROMAN

Aus dem Italienischen
von Barbara Schaden

btb

Die italienische Originalausgabe erschien 2016
unter dem Titel »Dieci prugne ai fascisti«
bei Elliot Edizioni, Rom.

Dieses Buch ist auch als E-Book erhältlich.

Verlagsgruppe Random House FSC® N001967

1. Auflage
Deutsche Erstveröffentlichung September 2019
Copyright © 2016 Lit Edizioni Srl
Originally published by Elliot Edizioni
Copyright © der deutschsprachigen Ausgabe 2019
by btb Verlag in der Verlagsgruppe Random House GmbH,
Neumarkter Straße 28, 81673 München
Covergestaltung: semper smile, München
Covermotiv: © Shutterstock/Lana Veshta; © Illustration/Robert Schober
Satz: Uhl + Massopust, Aalen
Druck und Einband: GGP Media GmbH, Pößneck
SL · Herstellung: sc
Printed in Germany
ISBN 978-3-442-71664-7

www.btb-verlag.de
www.facebook.com/btbverlag

Für Džiđa und Karin

Alles in allem

Auf dem niedrigen, runden geschnitzten Holztisch stehen eine Schale mit frischem Kaymak und eine Reine mit Butterkartoffeln aus dem Backrohr. Wir haben eingeschürt, obwohl wir schon den 25. Juni haben; in dieser Gegend ist es abends nie warm.

Wir sitzen im Wohnzimmer, auf den beiden Sofas ist nicht genug Platz für alle, sodass ein paar von uns sich auf den verblichenen braunen Teppich gesetzt haben.

Der Fernseher hingegen ist intensiv braun, ein Relikt aus den Achtzigerjahren, unglaublicherweise geht er immer noch; er gehört zu den wenigen Dingen, die man uns nicht gestohlen hat.

Als wir Kinder waren, hatten wir keinen Fernseher, wir kamen hierher, zu den Großeltern, wenn wir fernsehen wollten. Mein Bruder Candide war überzeugt, dass der Fernseher nur funktionierte, wenn die Großmutter im Sessel saß, und wenn wir zu Besuch kamen, lief er immer sofort los und suchte sie; war sie in der Küche, schob und zerrte er sie ins Wohnzimmer zu ihrem Sessel; lag sie auf dem Bett, zog er sie am Rock, bis sie aufstand und herunterkam und ihren Dienst antrat, als Antenne oder Fernbedienung, wer weiß. Hatte er sie dann endlich im Sessel sitzen, kletterte er auf ihren Schoß und verfolgte hypnotisiert, wie der Bildschirm zum Leben erwachte. Und er klatschte in die Hände, als wolle er der wunderwirkenden Nana applaudieren.

Die Nationalhymne wird gespielt, und die elf Bosniaken im himmelblauen Trikot stehen allein in dem riesigen Stadion, in dem sie vermutlich kaum Fans haben, und wirken völlig verloren: ähnlich wie wir.

Der Anpfiff lässt uns verstummen. Die ersten beiden WM-Spiele haben wir verpasst, denn da waren wir mit Themen wie Leben und Tod beschäftigt.

Es fängt gleich gut an: In der dreiundzwanzigsten Minute erzielt Džeko mit einem Distanzschuss ein wunderschönes Tor. Aber dann kehrt er mit gesenktem Kopf in die Spielfeldmitte zurück, jubelt nicht, reißt nicht mal die Arme hoch. Den Mitspielern, die auf ihn zurennen, signalisiert er »Nein, nein« mit dem Zeigefinger wie ein Schuljunge, der nur ein »ausreichend« nach Hause gebracht hat. Die gegnerische Mannschaft schießt gegen die Latte, dann trifft noch mal Bosnien, und Pjanić, der das Tor geschossen hat und vielleicht im Abseits war, umarmt die Umstehenden ohne ein Lächeln. Wir hingegen springen vor Begeisterung alle auf, und ich erkenne mit Entsetzen, dass ich ein Fußballfan bin, oder schlimmer, eine Patriotin. Dann schießen die anderen ein Tor, aber nur eine Minute später ist die Angst wieder ausgestanden, weil Vršajević seinen allerersten Treffer bei der Nationalmannschaft erzielt. Erst jetzt kommt es zu einem kurzen Jubel, und Vršajević reißt die Faust in die Luft, rennt herum, schwenkt die Arme.

Wir haben gewonnen: Bosnien – Iran 3:1.

Zu dem Zeitpunkt aber hat die Mannschaft von Bosnien-Herzegowina, die zum ersten Mal an der Fußball-WM teilnimmt, sowieso schon verloren, sie ist ausgeschieden. Dieses kleine, junge Land hat sein letztes Spiel völlig umsonst gewonnen.

»Ein Glück, dass wir erhobenen Hauptes nach Hause zurückkehren«, urteilt der Großvater und steht auf, um schlafen zu gehen.

»Wir lassen uns eben nicht unterkriegen«, antwortet Zelig.

Auf einmal fällt es mir wie Schuppen von den Augen – alles, was in dieser letzten Woche passiert ist, hat genau mit dieser Hartnäckigkeit zu tun: Wir lassen uns nicht unterkriegen. Die wiederhergestellte Würde lindert frühere Niederlagen und macht sie erträglich.

Ich starre auf den Bildschirm; die Kamera verharrt auf den müden, verschwitzten Gesichtern der Spieler auf dem Weg zur Umkleidekabine, während die Tribünen und unser Wohnzimmer sich leeren.

Zelig bringt drei Matten und legt sie neben den Ofen, Candide hockt sich davor und stochert mit dem Schürhaken in der Glut. Ich mache das Licht aus, wir rücken zusammen, damit wir alle unter eine Decke passen, und beobachten die tanzenden Schatten an der Zimmerdecke.

»Wir haben's geschafft«, seufzt Zelig.

»Ja, unglaublich«, antworte ich.

»Wir sind ein tolles Trio.«

»Echt?« Ich hebe den Kopf.

»Allerdings nicht wie die Karamasows«, wendet Candide ein.

Im Ofen knistert und knackt es, die Glut verlöscht langsam, die zuckenden Schatten an den Wänden verschmelzen mit der Dunkelheit, die wächst und uns einhüllt; wir liegen so nahe beieinander, dass wir den Geruch unserer ruhigen Atemzüge riechen können.

Die bosnische Nationalmannschaft hat das Schlimmste überstanden, aber auch meine Familie, jedenfalls vorläufig, jedenfalls, was diese Geschichte betrifft.

Wie es anfing

»Hallo?«

»Ich bin's ...«

»Du klingst komisch, was ist los?«

»Nana ist tot ...«

»Red keinen Blödsinn!«

»Den Tod nennst du einen Blödsinn!«

»Aber ... wie ist es denn passiert?«

»Wie soll's schon passiert sein. Sie ist siebenundachtzig.«

»Mir wird schlecht ...«

»Scherz! Sie ist nicht tot. Ich wollte dich nur fragen, ob du mir das Geld für die Zugfahrkarte leihst ...«

»Mir ist fast das Herz stehengeblieben!«

»Ich mach doch seit Jahren immer denselben Scherz!«

»Was soll das denn für ein Scherz sein! Du weißt doch, was für eine schreckliche Zeit ich durchmache, bei allem, was mir passiert ist, und du kommst mir mit so was ...«

»Was ist denn passiert?«

»Ich hab mich doch getrennt, außerdem hatte ich ein Gerstenkorn und musste zum Augenarzt ...«

»Ah ja, stimmt, du und deine umgekehrte Geschichte ...«

»Wieso umgekehrt?«

»Was, wieso? Denk doch nach – sie hat so angefangen, wie sie aufhören musste, und sie war vorbei, als sie hätte anfangen müssen.«

»Meinst du?«

»Was weiß ich. Außerdem ist es egal, jetzt ist es sowieso vorbei. Was ist jetzt? Gibst du mir das Geld für den Zug?«

»Ich kauf einen Fahrschein und schicke ihn dir ... und übrigens gibt es Leute, die mit siebenundachtzig noch Gleitschirm fliegen.«

»Ja, ja, das tun sie alle!«

Vielleicht hatte mein Bruder recht. Nein, er hatte ganz bestimmt recht: Es war eine umgekehrte Beziehung. Als ich einen neuen Mitbewohner bekam, den ich intensiv hasste, was er mit gleicher Leidenschaft erwiderte, hätte ich mir nicht träumen lassen, dass eines Tages eine Liebesgeschichte daraus würde. Nie hätte ich mir vorgestellt, dass ein verstopftes Klo der Zündfunke einer Liebe werden könnte. Aber so sind umgekehrte Geschichten eben, sie fangen da an, wo man es am wenigsten erwartet.

Es konnte nicht funktionieren, und Vorzeichen hatte es zuhauf gegeben: Ich war für wilde Streiks, und er dagegen. Er wählte gemäßigt, ich extrem. Ich rauchte zwanzig Zigaretten am Tag, er keine einzige. Aber wir hatten uns eingeredet, wir könnten einander entgegenkommen, uns irgendwo auf halbem Weg treffen. Aber es half alles nichts, obwohl er mir mit zehn Zigaretten täglich durchaus entgegenkommen war.

Wir haben Häuser, Viertel, Städte, ganze Länder zwischen uns gebracht. Wir haben uns so weit voneinander entfernt, bis wir uns nicht mehr sehen konnten.

Dann war wieder jeder nur er selber, und ich wusste nichts mehr anzufangen mit meiner Vorstellung von Paarbeziehung, die schön sein mochte, sicher auch gut verpackt, aber vollkommen für die Katz. Ich war in meiner Utopie gefangen und fand keinen Bach, nicht mal ein Rinnsal, auf dem ich ihr hätte entkommen können, hinunter ins Tal flutschen, wo ich mich sortiert und irgendwann wieder aufgerappelt hätte. Er hatte es geschafft, er war von einem Moment zum anderen nicht mehr da, einfach so, ohne Vorwarnung. So musste man es machen, einfach verschwinden.

Ich habe gewartet und ziemlich oft die Nacht zum Tag gemacht. Ich verbrachte viel Zeit mit Leuten, die so drauf waren wie ich, die abendelang die Lage analysierten und nicht fassen konnten, dass es aus war. Leute, die mit orthodoxen Priestern telefonierten und sich Psalmen vorlesen ließen, als wären es Horoskope oder Tarotkarten.

Irgendwann war es dann so weit: Das ursprünglich klare Bild hatte seine scharfen Konturen eingebüßt. Geblieben war mir die Empfindung einer Sehnsucht, während die eigentliche Sehnsucht sich verflüchtigt hatte. Es dauerte eine Weile, bis ich gelernt hatte, damit zu leben.

Den Sommer mit der Familie verbringen zu müssen, das heißt: keinen Plan im Leben haben. Ich war das blasse Abbild einer unzufriedenen Sechzehnjährigen, die mit der Mutter Ferien macht. Nur war ich leider doppelt so alt. Ein ganzer Monat mit lauter Leuten, die man nolens volens liebt. Die einzigen Menschen, von denen du glaubst, dass sie in derselben Mannschaft spielen wie du, immer auf deiner Seite stehen.

Vor allem aber musste ich endlich mal wieder was Gehalt- und Geschmackvolles zwischen die Zähne bekommen. Seitdem es aus war, irrte ich wie ein ausgemergeltes Gespenst durch die Supermärkte, inzwischen rührten mich schon manche Kekssorten zu Tränen, ganz zu schweigen von Büffelmozzarella. Ich konnte Liebe und Hunger nicht mehr unterscheiden.

Ich neige zur Idealisierung, erzähle mir Märchen, behalte nur das Schöne, und Streit oder hysterische Anfälle vergesse ich einfach.

Daher habe ich auch von unseren Familienurlauben nur noch den ersten und den zweiten Tag in Erinnerung; vom dritten Tag an versackten wir in gegenseitigem Unverständnis und unterdrücktem Zorn.

Der erste Tag: Hunderte Kilometer, die man hinter sich bringen muss, keine Frage nach dem Warum, innerlich aber erfüllt von einem durch nichts gerechtfertigten Jubel.

Trotz aller Hindernisse, trotz endlosem, nervtötendem Hin und Her von Nachrichten zwecks Koordinatentausch und Mitfahrplanung, trotz diverser Drohanrufe in dem Tenor: »Wenn du den letzten Zug verpasst, gehst du zehn Kilometer zu Fuß, damit du's weißt!«, trafen meine Brüder und ich normalerweise zugleich gegen Abend ein.

Einer von uns verschlief immer und verpasste deshalb den Zug oder hatte eine Fahrkarte für den falschen Tag oder wurde, obwohl peinlichst genau die Anweisungen für den gewissenhaften Reisenden befolgend, von den üblichen Bahnverspätungen heimgesucht.

Irgendwie schafften wir es dann aber doch, leicht derangiert, leicht angesäuert, leicht außer Atem und ziemlich erschöpft, aber kaum hatten wir das Haus betreten, wurden wir vom Duft der mütterlichen Kochkunst eingelullt und narkotisiert, und alle Erschöpfung fiel mit einem Schlag von uns ab.

Mit diesen geballten Empfindungen unter der Haut ging ich zu Fuß zum Bahnhof Termini, um mit dem ersten Zug nach Norden zu fahren und alles hinter mir zu lassen. Ich hoffte auf Heilung, oder besser, ich verordnete mir Heilung bis zum Ende des Sommers.

Ich stieg ein und suchte mir einen Platz im bequemen und maßlos teuren Frecciarossa, dem »roten Pfeil«, wie unser Hochgeschwindigkeitszug heißt. Ich schloss die Augen: Wenigstens bis Bologna war die Strecke eine einzige Aufeinanderfolge von Tunnels, danach empfing den Reisenden die weite Po-Ebene mit ihrer eigenartig flüchtigen Atmosphäre, während man mit 300 Stundenkilometern dahinsaust und vergeblich versucht, mit dem Blick irgendetwas festzuhalten.

Der Pfiff ertönte, und Sekunden später setzte der Zug sich in Bewegung. Langsam verließen wir den Bahnhof, der Widerschein der Sonne ließ die Oberleitungen gleißen, als bestünden sie aus Edelmetall. Der Zug nahm Fahrt auf. Ich hatte das Gefühl, als sauste ich selber, mit meinem Körper, durch den Raum und löste mich in der

Luft auf – ich konnte zusehen, wie Teile von mir im Fahrtwind davonflogen.

Es erschien mir das Bild des gedeckten Tisches im Haus der Mutter, so wie immer zum Mittagessen am Tag nach der Ankunft – einer Mahlzeit, die dauernd zwischen Jubel und Tragödie schwankt: Entweder es wird eine Art Volksfest daraus, wenn wir alle wenigstens bis ein Uhr aufgestanden sind und einander halbwegs mit Toleranz begegnen. Oder es wird ein Chaos aus Türenknallen, Geschrei und erkaltendem Essen. Nachdem wir uns nicht sehr oft sehen, passiert es eigentlich recht selten, dass sich alle auf dieselbe Wellenlänge einstimmen.

Sehr gern aber denke ich daran, wie es ist, wenn es gelingt – wenn ich aufwache und Stille im Haus ist, nur von nebenan kommt das Knarzen der Betten, in denen sich meine Brüder hin und her wälzen, bereit zum Aufstehen, um den Tag nicht zu verderben. Im Schlafanzug, ohne Umweg über das Bad, steuere ich, immer dem Geruch folgend, das Esszimmer an. Ich öffne die Tür, bin erst mal geblendet vom Licht der großen Fenster, aber dann erkenne ich den Tisch und entdecke mit fokussiertem Blick meine Mutter und Nana, und ich setze mich, noch mit schlafverklebten Augen, und schenke mir ein Tässchen Kaffee ein, gerade genug, um die Bewusstseinsebene zu erreichen, die es braucht, um die bevorstehende Zeremonie uneingeschränkt zu würdigen.

Binnen einer halben Stunde stützen wir alle unsere Ellenbogen auf das ockergelbe Tischtuch, und die Mutter stellt die Teller auf den Tisch. Auf meinem liegt nur der

Kopf des Lamms: ein großer tiefer Teller, in der Mitte ein halber Schädel, und in einem seiner Hohlräume, schön zur Schau gestellt, das, was mir neben der Zunge das Liebste ist, das Gehirn. Ich esse es in jeder Form, aber mein Lieblingsrezept ist im Ofen gebacken, in seinem natürlichen Habitat. Weiß, mit einer zarten Maserung in Grau. Ich nehme seine weiche, schwammähnliche Konsistenz wahr. Ich betrachte es bewundernd, koste es mit den Augen.

Behutsam steche ich mit der Gabel hinein und nehme mir einen winzigen Bissen, der sich im Handumdrehen auflöst und am Gaumen ein flauschiges, samtiges Gefühl hinterlässt.

Mir gegenüber machen sich meine zwei Brüder die Kartoffeln streitig, weil sie Lamm nicht wirklich zu würdigen wissen, was meines Erachtens daher rührt, dass sie ihre Kindheit nicht in Bosnien, sondern in Italien verbracht haben. Zelig war sogar mal eine Zeit lang Vegetarier und hat uns monatelang das Gefühl gegeben, wir seien Barbaren ohne jede Moral, weil wir uns von Tieren ernähren, die wir von den Wiesen reißen, auf denen sie fröhlich herumtollen könnten, obwohl wir nur zu gut wissen, dass die Tiere, die wir essen, in beengten luftlosen Massenställen schmachten, und überhaupt sind wir wahrscheinlich deshalb so gehässig, weil wir mehr Wut essen als Fleisch.

Wir wissen nicht genau, wie lang er Vegetarier war. Jedenfalls fand ihn die Mutter einmal mitten in der Nacht in der Küche, wo er sich ein Steak briet.

Candide, der Jüngste von uns, lässt bei jedem solchen

Essen eine Philippika gegen die unsachgemäße Zubereitung der Ofenkartoffeln vom Stapel. Offenbar liegt das Geheimnis der perfekten Ofenkartoffel vor allem in der Größe der Stücke. Das ist für ihn eine Frage wissenschaftlicher Präzision, und vor diesem seinem Vortrag *ex cathedra* gibt es kein Entrinnen.

Der Zug wurde langsamer und hielt an der Station Roma Tiburtina. Von wegen Hochgeschwindigkeit! Nach gerade mal drei Minuten fingen die Leute zu murmeln an, manche standen sogar mit sachkundiger Miene auf, um irgendetwas zu überprüfen. Der Typ mir gegenüber stieß immer wieder mit zornigem Grinsen hervor: »Jetzt fahr schon, Mann!«

Er starrte mich an, als müsse ich ihm antworten, und ich wusste nicht, wie ich mich verhalten sollte; meine eigene Wut machte mir schon genügend zu schaffen, was sollte ich auch noch mit einer fremden anfangen? Er ließ überhaupt nicht mehr locker, sodass ich einen Punkt über seinem Kopf fixierte, doch dann kreuzte ich aus Versehen seinen Blick und bereute es sofort. Aus dem Gemurmel der Leute war unterdessen eine angeregte Diskussion über den zunehmenden Verfall des ganzen Landes geworden; alle beteiligten sich an dieser kurzen, sinnlosen Sitzrevolution. So ist es immer – mit einer Zugverspätung fängt es an, gleich ist man bei der Jugend ohne Zukunft, und wo soll das nur alles noch hinführen, die Politiker sind sowieso alle gleich, sie rauben uns aus, während wir darben. Und früher war das anders, diese Nation wurde zerstört und destabilisiert, und überhaupt kann man nur noch auswandern. Man zählt alle auf, die nach London, Berlin, Island, Dubai oder die USA ausgewandert sind, jeder kennt massenhaft Leute, die es geschafft haben, sich anderswo ihre Träume zu erfüllen, die hier unerreichbar gewesen wären, wegen der sozialen Schicht, wegen der Politik, wegen des Systems. Ich musste lachen, denn jedes Mal, wenn ich solche Diskussionen mithöre, denke ich daran, wie meine Tante in Bosnien, wenn ich zu Besuch war, von einem Nachbarn erzählte, der sein Glück in Amerika gemacht hatte.

»Stell dir vor, als er von hier wegging, war er nicht mal imstande, sich die Schuhe zuzubinden, und jetzt arbeitet er im Journalismus!«, rief sie jedes Mal fassungslos und sprach das Wort »Journalismus« mit einer nicht zu rechtfertigenden Ehrfurcht aus. Der Onkel antwortete darauf, wenn in anderen Ländern Idioten wie dieser Erfolg im Leben hätten, bleibe man doch besser in Bosnien. Später stellte sich heraus, dass die Arbeit des Nachbarn nur im allerweitesten Sinn mit Journalismus zu tun hatte, denn in Wahrheit trug er Zeitungen aus.

Der Wutknabe gegenüber starrte jetzt mit gefurchter Stirn und finsterer Miene aus dem Fenster.

Ich setzte die Kopfhörer wieder auf, drehte die Lautstärke voll auf und dachte an ein Familienessen vor sieben Jahren zurück. Es war Frühling, wir waren über Ostern zusammengekommen, das wir ohne religiöse Anteilnahme feierten, wir sind ja keine Christen. Aber wir feiern jedes Fest, das im Kalender steht. Gebt uns einen Feiertag, und wir ehren ihn!

An diesem Tag fing alles an, vor sieben Jahren.

Während wir auf den Kaffee warteten, den natürlich Candide machte, denn auch in Kaffeeangelegenheiten wusste er immer alles besser (es musste einhundertprozentiger Arabica sein, er wusste, wie viel Pulver man nehmen musste, ob man es zusammendrücken durfte oder nicht, wie hoch die Flamme sein musste...), brachte die Mutter ein komplexes Thema aufs Tapet: die Beerdigung. Nicht die Beerdigung als solche, sondern die von Nana, die in den letzten Jahren nur einen einzigen Willen geäußert hatte: in ihre (und im Grunde auch unsere) Heimat zurückzukehren, wenigstens zu ihrer Beerdigung.

»Ich habe die Telefonnummer eines Unternehmens bekommen, das Auslandsbestattungen organisiert. Angeblich kümmern sie sich um alles, um die Papiere, den Transport. Sie sind auch für die wesentlichen Riten der islamischen Religion ausgerüstet, zum Beispiel die Waschung des Leichnams. Wir müssen lediglich zur Botschaft, um den Totenpass zu besorgen und noch eine Art Passierschein für den Transit durch Slowenien und Kroatien. Alles andere machen sie. Ist wirklich superbequem«, fing sie an.

»Fantastisch«, rief ich, merkte dann aber, dass stürmische Begeisterung in dem Fall nicht unbedingt angebracht war.

»Vielleicht wäre es aber besser, ein bosnisches Unternehmen zu beauftragen«, warf Zelig dazwischen, den anscheinend auf einmal sein Fair-Trade-Gewissen gepackt hatte.

»Schon, aber was das wieder kostet!«, schrie Candide aus der Küche.

»Das Geld, mit dem man lokale Unternehmen unterstützt, ist gut angelegt«, schrie Zelig zurück.

»Aber es geht doch hier nicht um handgeknüpfte Teppiche«, mischte ich mich ein.

»Ich habe nur gemeint, was das überhaupt kostet, eine Beerdigung aus der Entfernung zu organisieren«, erklärte Candide.

»Was spielt das für eine Rolle? Könntet ihr vielleicht *ein Mal* was ernst nehmen?«, fragte die Mutter erbost.

Einen Moment lang schwiegen alle. Zelig tigerte im Zimmer herum, ich warf mich aufs Sofa. Candide brachte allen Kaffee, und wir setzten uns wieder an den Tisch, jetzt mit gefasster Miene, und suchten nach etwas Sinnvollem und Profundem, was sich dazu sagen ließe.

Zelig machte den Anfang. »Kommt es euch nicht komisch vor, dass man eines Tages einen Totenpass braucht? Was für eine absurde Situation, Ausweise sogar für Tote, Bürokratie noch bis ins Jenseits!«

»Es ist nicht gesagt, dass wir einen Pass brauchen. Wenn du dich dort beerdigen lässt, wo du gestorben bist, ist alles okay. Ich meine, ich habe nicht den Eindruck, dass es eine Sorte Tourismus für weltreisende Tote gibt«, erwiderte Candide.

»Aber was ist, wenn man keinen Totenpass hat? Wird man dann verhaftet?«, fragte Zelig.

»Ich frag mich vor allem, ob wir offiziell praktizierende Muslime sind«, funkte ich dazwischen.

Die Mutter stand abrupt auf und rauschte hinaus. Natürlich war es ein heikles Thema, schließlich ging es um die Beerdigung ihrer Mutter. Und da rissen wir Witze und nahmen die Zubereitung von Ofenkartoffeln ernster als den Tod.

Nach etwa zehn Minuten, in denen wir schweigend den Tisch abräumten, kam die Mutter zurück, und griff das Thema wieder auf, als wäre nichts gewesen; jetzt konnte sie sicher sein, dass wir wieder spurten und niemand es mehr wagen würde, die Sache ins Lächerliche zu ziehen.

»Also. Ich sagte, ich habe mir die Nummer dieses Beerdigungsunternehmens besorgt ...«

Wieso sie überhaupt auf die Idee gekommen sei, einem Bestattungsinstitut zu schreiben und Vereinbarungen zu treffen, wollten wir wissen.

Und erfuhren, dass Nana ein paar Tage zuvor, als sie im Garten Zichorien geerntet hatte, plötzlich zusammengebrochen war. Mit wächsernem Gesicht und eiskalter Haut habe sie dagelegen wie tot. Es sei nur eine Ohnmacht gewesen, sagte die Mutter, aber dieser Schwächeanfall habe ihr bewusst gemacht, dass wir auf den Ernstfall nicht vorbereitet seien; sie habe sich das Mahnung und Lehre sein lassen.

Und wie war sie auf das Bestattungsunternehmen gestoßen?

Über Google: Im Zeitalter hemmungsloser Werbung hätten sich auch die Bestattungsunternehmen gewandelt, seien nicht mehr anonym und beliebig, sondern einladend und einprägsam, und sie kämen mit so forschen

Sprüchen daher, dass man die Reklame im ersten Moment für das Marketing eines Feriendörfchens am Schwarzen Meer halten könne.

Wir setzten uns wieder um den Tisch, aßen Nüsse, redeten in gedämpftem Ton. Es gab nur einen einzigen Nussknacker, und die ungeduldigen Blicke der auf den Nussknacker Wartenden, das knackende Zersplittern der Schalen und die fast unhörbare Landung von Nusskernfragmenten auf dem Tischtuch brachten das Gespräch über Großmutters Beerdigung immer wieder ins Stocken. Wir erfuhren, dass das anvisierte Bestattungsinstitut keine dreißig Kilometer entfernt war und mit Unternehmen in verschiedenen anderen Ländern zusammenarbeitete: praktisch ein Totengräber-Franchising. Man musste nur noch hinfahren und die Details klären: Tot ist tot, die Bestattung hingegen ist ein Thema mit tausend Variationen.

»*Alhamdulillah*. Ja ja, eine Reise zu organisieren ist nicht unkompliziert«, verkündete Nana und trat durch die Tür. Fast ungläubig drehten wir uns gleichzeitig zu ihr um. Sicher, die Beerdigung eines Angehörigen zu planen, der noch am Leben ist, wirkt leicht zynisch, auf jeden Fall unsensibel. Wenn aber die Person, die es betrifft, fortgeschrittenen Alters und gesundheitlich nicht mehr auf der Höhe ist und zudem den innigen Wunsch hegt, in der Heimat bestattet zu werden, die mehr als tausend Kilometer von ihrem aktuellen Wohnort entfernt ist, dann bleibt einem nichts anderes übrig, als sich im Voraus Gedanken zu machen.

Nicht einen Moment lang aber hatte ich mir Nanas Tod vorgestellt; ich hatte nur an Zölle, Totenpass, Leichenwagen, eine endlose Reise gedacht. Mir war nicht einmal der Gedanke gekommen, dass sie dann ja nicht mehr am Leben wäre. Das Nichtmehrsein eines Seins hatte ich mir noch nie vorstellen können. Umgekehrt hingegen war es ein Kinderspiel: Die Gegenwart eines Abwesenden konnte ich mir leicht vorstellen.

Dazu kam, dass in unserer Familie bisher noch niemand normal gestorben war, an Altersschwäche. Alle waren gewaltsam aus dem Leben geschieden. Sie waren ja nicht einmal wirklich tot, jedenfalls nicht für uns, die wir noch keine Resignation kannten. Sie waren verschollen, vermisst, unauffindbar, und ihr Verschwinden war schlimmer als der Tod. Wir hatten das verzweifelte Bedürfnis zu *wissen*, um die Grenzen des Erträglichen wiederherzustellen, wir mussten den Schmerz sortieren, ja regelrecht planen und in Übergänge und Rituale einteilen, um ihn damit von der Tragödie zu trennen.

Nana wäre wohl die Erste, die einen akzeptablen, verständlichen Tod stürbe; dieses Ereignis auf besondere Weise zu würdigen schien mir geradezu eine Pflicht.

Die Mutter holte ihren Laptop und zeigte uns den Mailwechsel mit dem Bestattungsunternehmen. Der Wortlaut hätte normaler nicht sein können; dass sich dahinter ein Drama verbarg, kam mit keiner Silbe zur Sprache. Es war von diversen Dienstleistungen und den Bedingungen ihrer Inanspruchnahme die Rede, der Kostenvoranschlag war mit dem Vorbehalt »vorläufig« versehen. Sogar die Grußformel am Ende war die übliche, und vielleicht klang dieses »bis bald« gerade wegen seiner Normalität beunruhigend.

Ein paar Tage nach diesem Familienessen suchten wir Simone, den Chef des Bestattungsunternehmens, zu einem Gespräch auf. Wir hatten einen Termin in seinem Büro, und das machte mir zu schaffen. Ich wollte ein Treffen in einer Bar vorschlagen, aber die Mutter erwiderte kategorisch, über solche Themen spreche man nicht beim Kaffee. Ich bestand nicht darauf, damit nicht wieder alle über mich herfielen und mich bezichtigten, ich hätte eine Phobie.

Ich versuchte mir also einzureden, dass die Arbeit des Totengräbers ein Job war wie jeder andere. Andere Berufe sind eigentlich beklemmender – Metzger zum Beispiel, das ist bestimmt nicht weniger düster.

Vor Totengräbern aber hatte ich gerade deshalb Angst, weil die Grundlage ihres Berufs eine unausweichliche Gewissheit war, die ich immer noch als bloße Wahrscheinlichkeit ansehen wollte.

Mir fiel mein verstorbener Chef wieder ein, der mich drei Tage vor seinem Tod angerufen und gesagt hatte: »Schau doch mal im Internet, ob nicht so was wie Unsterblichkeit erfunden wurde.«

»Na ja, also die Religionen …«, fing ich an.

»Nein, nein, ich pfeif auf die Seele. Schau nach, ob was erfunden wurde, was den Körper unsterblich macht.«

Ich war perplex, versuchte ihn in die Wirklichkeit zurückzuholen: »Aber das wüsste man doch, wenn's so wäre, das stünde doch in allen Zeitungen, das wäre *die* Sensation schlechthin!«

Er schrie mich aufgebracht an mit dem Stimmchen, das ihm noch geblieben war: »Mach, was ich dir sage!«

Ich legte auf, bestürzt über seinen Wahnsinn. Drei Tage später war er tot. Wahrscheinlich war auch er auf der Suche nach einem Trick, kurz vor dem Ende. Ich stellte mir vor, wie er im Bett lag und nicht fassen konnte, dass es wirklich zu Ende sein sollte, ohne Widerruf. Keine Lösung in Sicht, einfach aus und vorbei. Und die Wut auf die unfähige Sekretärin, weil es völlig inakzeptabel ist, keinen Ausweg zu haben, keine Gnadenfrist.

Simone machte uns die Tür auf. Er war normal gekleidet, wahrscheinlich hatte er an dem Tag keinerlei Amt zu erfüllen, und das heiterte mich auf – kein Todesfall, wenigstens nicht in seinem Einzugsbereich, wenigstens vorläufig. Er bat uns herein, wir gingen einen langen, schmalen Flur entlang, im Gänsemarsch. Am Ende öffnete er eine Tür und ließ uns eintreten. Drinnen setzte er sich in einen schwarzen Sessel und forderte uns auf, ebenfalls Platz zu nehmen. Es gab aber nur noch drei Stühle, einer von uns musste stehen. Ich stürzte mich sofort auf einen Stuhl, weil mir von vornherein klar war, dass mir bei der Beschreibung von Särgen auf jeden Fall die Knie weich würden. Wer stehen blieb, war Zelig, der sich in aller Seelenruhe interessiert umsah, als wäre er in einem Supermarkt. Ich folgte seinem Blick, aber an den Wänden gab es nichts Bemerkenswertes, es waren nur allerlei Bescheinigungen aufgehängt, die zu lesen ich mich weigerte, und in einer Vitrine standen Urnen, die ich nicht ansehen wollte.

Candide saß, fühlte sich aber sichtlich unbehaglich, sicher hätte er lieber gestanden; er zupfte an Hosenfältchen herum und ließ den Blick umherwandern, als hoffe er auf Hilfe von außen.

Ich horchte in mich hinein und empfing klare Signale tödlicher Krankheiten, die sich in meinen Organen einnisteten, und ich überlegte, ob man es als Ironie bezeichnen könnte, wenn jemand in einem Bestattungsinstitut stirbt, das er aufgesucht hat, um die Beerdigung eines lebendigen Menschen zu planen.

Die Mutter war die Einzige, die sich völlig ungezwungen benahm: Mit Stift und Notizblock saß sie da und schrieb jedes einzelne Wort des Bestattungsunternehmers mit. Sie hatte Spalten gezeichnet und wollte anscheinend, soweit ich sehen konnte, eine Tabelle anlegen. Was um Himmels willen hatte sie vor? Aber so war sie nun mal, der pragmatischste Mensch, den ich je kennengelernt habe. Seit frühester Kindheit kenne ich sie nur mit Stift und Papier: Sie und ihre Notizblöcke haben uns das Leben gerettet! Sie denkt mathematisch, verliert sich nie in Schattierungen, setzt immer nur auf Lösungen. Dann glättet sich ihre anfangs gefurchte Stirn, die Augen werden weit und leuchtend.

Über derlei dachte ich nach und bekam von Simones Ausführungen nicht viel mit, bis wir irgendwann alle aufstanden und uns verabschiedeten. Wir waren fertig, es war alles besprochen. Wieder im Gänsemarsch trotteten wir den Flur entlang, und kaum waren wir draußen, waren die in mir tobenden Krankheiten weggeblasen.

»Was für ein Glück, dass sie auf islamische Bestattungen vorbereitet sind!«, sagte die Mutter, als wir uns auf den Weg machten.

Wir nickten einmütig; ja, ein Glück. Nana war zwar keine praktizierende Muslimin, aber ein bisschen gläubig war sie schon, und der Logik der Pascalschen Wette folgend, hatte sie sich wahrscheinlich gesagt, ein Begräbnis nach dem religiösen Ritus sei besser als auf den Beistand der Religion zu verzichten. Nanas Frömmigkeit beschränkte sich darauf, Allah für die frohen Ereignisse in ihrem Leben zu danken und ihm nicht böse zu sein, wenn er ihr wieder mal das Herz zerriss, denn Seine Wege sind unergründlich.

Leicht strapaziert von dieser Erfahrung, aber mit großer Erleichterung darüber, dass die heikle Frage jetzt geklärt war, kehrten wir nach Hause zurück. Zumindest hielten wir die Frage für geklärt, bis Candide mit dem Einwand kam, eigentlich sei das viel zu viel Geld allein dafür, einen Menschen unter die Erde zu bringen. Es sei schließlich keine Expedition zum Polarlicht! Nein, hier würden Tausende Euro aus dem Fenster geworfen, nur damit man unter der Erde lande. Grundsätzlich mochte er recht haben. Aber gab es eine Alternative?

Einäscherung! Natürlich, man lässt sich verbrennen. Auch darüber konnte man sich informieren, der Transport einer Urne wäre sicherlich einfacher. Ja, man musste die Nana fragen, schließlich war es *ihr* letzter Wille, das musste sie entscheiden, nicht zuletzt deshalb, weil das eine drastische Revision ihrer religiösen Einstellung voraussetzte, denn Feuerbestattungen sind im Islam nicht vorgesehen.

Zu Hause angelangt, fanden wir die Nana in der Küche, wo sie damit beschäftigt war, *burmažice* zu machen, eine Süßspeise aus Nüssen und Honig, für Diabetiker absolut tödlich. Candide trat ein, lehnte sich an den Herd, vor dem sie stand, und überrumpelte sie mit der Frage: »Nana, was hältst du von Kremation?«

Sie starrte ihn erschrocken an. Sie hatte die Frage nicht richtig verstanden, wie meistens, denn Candide fiel es schwer, sich in unserer Muttersprache auszudrücken – manche Wörter übernahm er einfach aus dem Italienischen und hängte lediglich die entsprechenden Endungen an, damit es irgendwie bosnisch klang.

In diesem Fall traf er sogar ins Schwarze und lag mit seiner Umwandlung von *cremazione* in *kremacija* völlig richtig. Aber Nana verstand trotzdem nicht, wovon er redete, denn sie antwortete: »*Vela havlevelakuvvete!* Ich habe niemals Drogen genommen, und in meinem Alter wirst du mich auch nicht mehr dazu bringen!«

Jetzt war es er, der die Augen aufriss und zu lachen anfing.

»Aber nein, du sollst doch keine Drogen nehmen! Wir wollen nur wissen, ob es dir recht ist, dass du verbrannt wirst …«

»Wie bitte?«, fragte Nana pikiert. »Wieso darf ich nicht eines natürlichen Todes sterben?«

»Natürlich sollst du ganz normal sterben! Wir verbrennen dich erst, wenn du tot bist.«

»Ich will aber nicht verbrannt werden, weder tot noch lebendig«, antwortete sie verärgert. Sie wandte sich wieder ihrer Süßspeise zu und kehrte ihm den Rücken.

Dass der Dialog scheinbar so herzlos verlief, lag daran, dass Candide in unserer Sprache die Begriffe fehlten, um das Thema in einigermaßen einfühlsame Worte zu kleiden. Was aber tatsächlich wohl besser war: Unter einem Berg Zucker sieht nichts mehr so aus, wie es in Wahrheit ist, und am Ende schluckt man etwas, was einem überhaupt nicht schmeckt.

Damals – sieben Jahre ist das jetzt her – planten wir also Nanas Beerdigung, und damit war erst mal alles gut. Wenn es dann so weit wäre, sagten wir uns, würden wir tun, was zu tun war, und damit war die Sache erledigt.

Wir kamen durch Florenz, dann Bologna, dann wurden die Fahrkarten kontrolliert. In Milano Centrale stieg ich aus. Auf dem Weg durch die Halle, die sich wie ein Kirchenschiff über Gleise und Bahnsteige wölbt, fragte ich mich, ob der Erbauer dieses Bahnhofs absichtlich den Eindruck hatte erwecken wollen, dass der Himmel über Mailand stets wolkenverhangen sei.

Mein Handy klingelte. Eine säuselnde Stimme wies mich darauf hin, dass dies ein R-Gespräch sei, und fragte, ob ich es annehmen wolle.

»Ja, klar!«, rief ich.

Einen Moment lang war Stille.

»Hallo?«

»Mach schnell, wenn du schon mich zahlen lässt!«

»Ach, hast du dich immer noch nicht daran gewöhnt?... Ich bin am Gleis 11 und warte hier auf dich.«

Klick. Bei aller Schmarotzerei ist er immerhin rücksichtsvoll.

Ich erkannte ihn von Weitem. Auch er entdeckte mich, und er grinste in einer Weise, die schon an sich eine Verarschung war. Ich umarmte ihn, ohne irgendeine Mitwirkung von ihm; er erwidert nie eine Umarmung, und ich hielt ihn absichtlich umschlungen, damit es ihm wenigstens peinlich wurde.

»Wie kommt's, dass du innerhalb von wenigen Monaten derart gealtert bist?«, fragte er.

In meiner Familie begrüßt man sich immer mit Bemerkungen über das Aussehen. Höchstes Lob war der Ausruf: »Oh, bist du aber dünn geworden!«, was ein unerhörter Beweis von Zuneigung war, ja eigentlich eine Liebeserklärung.

Die angesprochene Person antwortete darauf meist mit gespielter Gleichgültigkeit: »Echt? Das ist mir gar nicht aufgefallen.« Innerlich aber wurde gejubelt, und man fühlte sich angenommen und geliebt.

Umgekehrt war »Ist dir eigentlich klar, wie viel du zugenommen hast?« ein entsetzlicher Vorwurf, der den Empfänger in tiefe Niedergeschlagenheit stürzte. Natürlich war dann eine Rechtfertigung fällig.

Gegenüber Candide leugnete ich den beschleunigten Alterungsprozess und schob die Schuld auf die Müdigkeit von der Reise und den Umstand, dass ich am Vorabend erst spät ins Bett gekommen sei. Diese Ausreden waren natürlich klare Anzeichen für einen beginnenden Alterungsprozess.

»Ich dachte, du kommst schon mit Glasauge, aber offensichtlich ist bei der Gerstenkorn-OP alles gut gegangen!«

»Ja, du lachst, aber es war schon heikel – ein Moment der Unaufmerksamkeit, und er hätte mich ins Auge gestochen. Außerdem war der Arzt nicht mehr der Jüngste, und seine Hand zitterte ein bisschen – also alles noch mal gut gegangen, aber knapp …«

»Ein Glasauge würde dir bestimmt stehen: Du hättest in die Zukunft schauen können!«

»Wie Teiresias …«

»Wegen eines lächerlichen Stichs ins Augenlid musst du nicht gleich die Mythologie bemühen …«

»Wann soll Zelig ankommen?«, fragte ich.

»Was weiß ich, *ihr* habt euch doch abgesprochen. Ich hab nicht mit ihm geredet, ich weiß nicht mal, wo er steckt …«

»In Ungarn.«

»Ah, gut, dann kommt er als typischer Ungar zurück!«

»Wie sind typische Ungarn?«

»Keine Ahnung, aber wir wissen es, wenn wir ihn sehen und rufen: ›Schau mal, ein typischer Ungar!‹«

»Wann fährt der Zug?«

»In zweieinhalb Stunden.«

»Aha, gut. Gehen wir was trinken?«

Auf der Suche nach einer Bar verließen wir den Bahnhof. Die trübe Sonne machte mich noch müder, als ich schon war.

Wir bestellten Kaffee, aßen Brioches, bestellten noch einen Kaffee, versuchten währenddessen ununterbrochen Zelig zu erreichen, aber es meldete sich immer nur die Mailbox.

Also alles wie gehabt: Zelig wäre wieder mal für mindestens vierundzwanzig Stunden untergetaucht, die Mutter bekäme Panikattacken, und wir müssten während des gesamten Abend- und darauffolgenden Mittagessens ununterbrochen bei ihm anrufen und uns in den düstersten Farben ausmalen, was einem in Ungarn Verschollenen alles zustoßen kann. Er hingegen würde sich tags darauf in aller Seelenruhe melden und behaupten, er habe kein Ladegerät dabeigehabt. So war das immer. Es kam wenigstens einmal im Monat vor. Aber wir hatten alle drei dieses latente Bedürfnis zu verschwinden, das hin und wieder so unbezwingbar wurde, dass man ihm nachgeben musste. Es war eine Art der Bewältigung, oder, wahrscheinlicher, eine Übung.

Zurück im Bahnhof vernahmen wir eine männliche Lautsprecherstimme, die seit einigen Minuten laut und deutlich wiederholte, unser Zug fahre gleich von Gleis 5 ab, und das hieß, man musste sich beeilen und ohne Zelig einsteigen, der sich wer weiß wo herumtrieb.

»War er nicht wegen irgendeines Projekts mit Juden in Ungarn?«, fragte Candide.

»Doch, ja, ich glaube. Warum?«

»Wie, warum? Es ist Samstag, Sabbat, da kann er doch nicht ans Telefon gehen. Bestimmt ist er schon konvertiert!«

»Meinst du?«

»Natürlich.«

»Als er in Ägypten war, hat es aber etliche Monate gedauert, bis er richtiger Moslem war.«

»Woher willst du das wissen? Von seiner Moslemisierung haben wir erst erfahren, als Ramadan war.«

Zelig hatte eine fließende Persönlichkeit, die sich nahtlos an jedes Umfeld anschmiegte. Wie ein Chamäleon probierte er die verschiedensten Gestalten aus, um zu sehen, ob sie ihm passten oder nicht, und mit derselben Leichtigkeit trennte er sich von allem wieder. Er tauchte in Situationen ein, raffte an sich, was ging, und machte sich dann aus dem Staub. Er wusste immer, wann der richtige Zeitpunkt zum Verschwinden war, und er verschwand immer ganz knapp, bevor die Enttäuschung einsetzte. Seine andauernde Verwandlung war sein Schutzschild gegen den Schmerz. Seine Art, in der Welt zu bleiben.

Wir stiegen in den Zug.

»Was schaust du?«, fragte Candide, als ich ihn anstarrte.

»Ich weiß nicht, aber ich spüre, dass du mir was verheimlichst …«

»Du musst dir nicht einreden, du könntest alles spüren!«

»Dann ist also alles okay? Reitest du dich nicht irgendwo rein?«

»Nein, wirklich nicht«, antwortete er genervt.

Der Zug fuhr an, verließ den Bahnhof, dann die Stadt, und bald schlängelte er sich ins Gebirge hinein wie ein Wurm, der in einer Frucht verschwindet.

Meine Brüder verheimlichten immer irgendetwas, aber wenn ich nachfragte, leugneten sie grundsätzlich und machten sich über mich lustig: Ich bildete mir was auf meine hellseherischen Fähigkeiten ein, die ich gar nicht besaß. Im Allgemeinen kann ich leider auch gar nicht hellsehen, aber bei diesen beiden ergreift mich immer eine böse Ahnung, wenn sie was aushecken, und am Ende geben sie mir unweigerlich recht, denn ich muss sie jedes Mal retten, wenn sie wieder mal mit dem Rücken zur Wand stehen. Schon oft haben sie mir den Tag verdorben, wenn sie mich morgens anriefen und mit abstrusen Problemen konfrontierten.

Eine Einleitung, mit der Candide gern anfing, ging beispielsweise so: »Ich würde dich ja gern fragen, wie's dir geht, aber leider rufe ich dich an, weil ich die Steuer nicht zahlen kann, und zwar wegen dieser blöden Strafe für Schwarzfahren, die jetzt bei einer Inkassofirma gelandet ist...«

Und ich dachte, mein Gott, ruf mich doch ein einziges Mal an, um mich nach meinem Leben zu fragen, und sei's nur, um mich in der Illusion zu wiegen, es könnte zwischen uns auch normale Telefongespräche geben.

Zelig wiederum hatte mich vor ein paar Monaten angerufen und war gleich mit der Tür ins Haus gefallen, allerdings in verhaltenem Ton, so als müsste er sich vor jemandem verstecken: »Ciao, Schwester, hör mal, kannst du mir einen Gefallen ...«

»Sag schon«, antwortete ich und machte mir sofort Sorgen, denn bei diesen beiden muss man sich immer Sorgen machen.

»Kennst du vielleicht einen Anwalt? Einen guten?«

»Nein, das heißt, ich weiß nicht, ich muss nachdenken. Auf die Schnelle fällt mir keiner ein ... Warum?«

»Nichts, ich bin nur hier auf dem Ordnungsamt, wegen diesem Blödsinn letztes Jahr. Diese Faschisten wollen mir meine Aufenthaltserlaubnis aberkennen ...«

»Und was machen wir jetzt?« Ich tigerte durch die Wohnung und zermarterte mir das Hirn nach einer Lösung, das Herz schlug mir bis zum Hals ... bis er auf einmal losplatzte und sich vor Lachen kringelte, während ich alle Schimpfwörter über ihm ausgoss, die ich kannte.

»Ich muss Candide anrufen und ihm sagen, dass du schon wieder reingefallen bist!«

»Warum wollt ihr mich umbringen? Was hab ich euch getan?«, fragte ich außer mir, während er sich immer noch kaputtlachte.

»Mensch, bist du langweilig! Verstehst du keinen Witz mehr?«

Wie kann man über Aufenthaltsgenehmigungen Witze machen? Wenn einem Ausländer irgendwas heilig ist, dann sind es seine Papiere! Das waren die Tage, an denen es mich wahnsinnig machte, dass ich solche Brüder haben musste, und vor allem machte mich wahnsinnig, dass sie Nicht-EU-Bürger waren. Meine Familie bestand nämlich nur zum Teil aus Ausländern: Mutter und ich hatten irgendwann die italienische Staatsangehörigkeit erhalten, meinen Brüdern hingegen war sie wegen irgendeines bürokratischen Details verweigert worden. Seit dem Moment, in dem wir, eine Hand auf der Verfassung, den Eid geleistet und Italienerinnen geworden waren, wurden wir von den beiden Nicht-EU-Ausländern in der Familie, wann immer wir uns nicht genau so verhielten, wie sie es gern gehabt hätten, als Rassistinnen beschimpft oder schlimmer, als Anhängerinnen der ausländerfeindlichen Lega Nord. Wir waren eine Familie, die dauernd am Rand eines Sezessionskriegs stand, zwei gegen zwei. Dann stieß die Nana zu uns, und die Waagschale senkte sich zugunsten meiner Brüder.

Candide war eingeschlafen, sein Kopf schlingerte und fiel ihm alle zwei, drei Minuten nach vorn auf die Brust, er aber nahm, ohne die Augen zu öffnen, immer wieder seine vorige Position ein. Er war zu groß für die Eisenbahnsitze und hatte Mühe, eine halbwegs bequeme Haltung zu finden. Mir fiel auf, dass er sich schon wieder selber die Haare geschnitten hatte. Diese asymmetrische Frisur hatte etwas Zwielichtiges. Ich war mir sicher, dass er etwas verheimlichte, und hoffte nur, dass es nichts Schlimmes war, sondern nur vielleicht wieder mal ein Bußgeld.

Irgendwann waren wir endlich in Teglio.

Die Mutter machte uns nie die Tür auf, sie ließ sie einfach angelehnt, während sie noch in der Küche hantierte.

Wir gingen an den Fenstern des Wohnzimmers entlang, öffneten die Gartentür, die ein paar Tropfen Öl vertragen hätte, und traten ins Haus, wo wir uns durch Rufen im Flur ankündigten. Die Nana tauchte auf, lachend und kopfschüttelnd, die Mutter kam mit beschwingter Miene aus der Küche und umarmte uns der Reihe nach, und kaum waren wir einen Schritt zurückgetreten, musterte sie uns und rief: »Lania, wie dünn du geworden bist!«

In dem Moment wusste ich, dass alles Leiden der vergangenen Monate ein Ende haben und sich in familiärer Zuneigung auflösen würde. Wir setzten uns an den Tisch und aßen, allerdings mit dem Telefon in Griffweite, um es immer wieder mal bei Zelig zu probieren. Nach wie vor erfolglos. Eine Facebook-Nachricht machte unseren Spekulationen über sein Schicksal ein Ende.

»Ciao Schwester, bin heute leider nicht losgekommen. Hab meinen Pass verloren. Hättest du vlt Lust beim Konsulat anzuläuten, um rauszufinden, ob man irgendwie kurzfristig einen Schrieb für die Einreise kriegen kann? Seid ihr schon bei der Mutter? Gibt's *Pita* zu Abend?«

Ich versuchte den anderen die Nachricht vorzulesen.

»*Ciao Schwester, bin heute leider nicht losgekommen*«... und Candide darauf: »Na so was, das haben wir gar nicht gemerkt!«, woraufhin die Mutter: »Sei still, ich will hören, was er schreibt.«

»*Hab meinen Pass verloren.*« Und die Mutter darauf: »Der Junge ist nicht normal. Wo hat der nur seinen Kopf? Und was will er jetzt machen? Wo will er hin? Er wird wieder die schrecklichsten Scherereien kriegen! Ich will nichts mehr davon wissen!« Sprach sie und wedelte zum Protest mit ihrer Serviette.

Darauf Candide: »Meiner Meinung nach hat er seinen Pass verkauft und tut jetzt so, als hätte er ihn verloren.«

Und die Mutter: »Du bist auch nicht normal! Wieso sollte er denn seinen Pass verkaufen?«

Ich war allmählich genervt, weil ich auf die Weise natürlich nie zum Ende kam, und versuchte weiterzulesen: »*Hättest du vielleicht Lust beim Konsulat anzuläuten ...*« An der Stelle aber unterbrach ich mich selber und rief empört: »*Anläuten?* Glaubt der vielleicht, dass ich einfach so bei Konsuln und Botschaftern anrufe? Für wen hält er mich?«

Nana, die überhaupt nicht durchblickte, mischte sich ein und griff Zeligs letzten Satz auf: »Das hab ich dir doch gesagt, dass die Kinder lieber *Pita* gehabt hätten.«

Daraufhin brach ein wildes Durcheinander aus, und wir machten uns gegenseitig Vorwürfe wegen des verlorenen Passes eines nicht einmal Anwesenden. Unser Krach, ein vorläufiger Rekord unserer bisherigen Kräche, wurde von einer weiteren Nachricht Zeligs beendet: »Vergessen: bin ohne Handy, weil der Akku leer ist und ich auch das Ladegerät verloren habe. Ich bin aber bei einem Mädchen, das ich heute früh kennengelernt habe, also alles gut.«

Nana schlussfolgerte heiter: »Ach so, er wird wohl verliebt sein.« Und nach einem Moment der Stille fand die Mutter, wir sollten uns ein Gläschen Limoncello genehmigen. Das Thema Zelig wurde unter der Kategorie »Liebesumnachtung« abgelegt – Herzensangelegenheiten wurden in unserer Familie äußerst ernst genommen. Sie waren nach dem Wetter unser liebstes Gesprächsthema; das mochte einer der Gründe sein, weshalb ich gekommen war, um einen ganzen Monat in der Familie zu verbringen.

Als wir drei Frauen also von Beziehungen zu reden anfingen, murmelte Candide recht gedämpft, er habe Besseres zu tun, und verließ den Raum.

Unsere Rollen waren festgelegt: Nana war die Neoromantikerin, die Mutter die Pragmatikerin, ich die Verkopfte. Wie es mir ginge, wollten die beiden wissen. Und ich verheddterte mich in einer endlosen Philippika wider die Liebe. Nach so langer Zeit litt ich immer noch. Ja, leider. Ich nahm es viel zu ernst. Das Schlimmste war, dass mir die Person fehlte, die ich geworden war und jetzt nicht mehr war. Im Wesentlichen, scheint mir, ist die Liebe vor allem dies: das Gute, das du in der Gemeinschaft mit jemand anderem wirst. Ja, natürlich, es gibt auch noch so was wie Pläne, gemeinsames Leben, gemeinsames Wachsen, gegenseitiger Respekt und tausendfaches weiteres Beiwerk. Aber das Wesentliche war das.

»Ach, was soll's«, kommentierte die Pragmatikerin die Lage. Womit sie natürlich sagen wollte, dass ich früher oder später jemand anderen finden würde, und das wusste ich ja selber, aber ich litt unter anderem deshalb so sehr, weil es eben schwer ist, einen Teil von sich sterben zu lassen.

Die Neoromantikerin schüttelte den Kopf. »Du ziehst es unnötig in die Länge!«

»Na ja, nach deinen Kriterien bestimmt...«

»Was hast du gegen meine Kriterien?«

»Nichts. Aber du verstehst sicher, dass jemand, der sich mit siebzig Jahren in den Kopf setzt, sich scheiden zu lassen, vielleicht nicht unbedingt... also ich weiß nicht...«

»Nicht ich, sondern wir beide haben uns genau zum richtigen Zeitpunkt scheiden lassen. Eben um die Sache nicht unnötig in die Länge zu ziehen. Hätten wir auf die Leute gehört, die es uns ausreden wollten – wozu wollt ihr euch denn *jetzt* noch scheiden lassen! –, dann wären wir noch mal zehn Jahre gegen unseren Willen zusammengehockt.«

Nana brannte darauf, wieder mal ihre Liebesgeschichte auszupacken und sich für ihren Freiheitssinn, ihren Pioniergeist lang vor der Zeit zu rühmen. Sie hatte ja nicht unrecht, dennoch war ich es leid, dass sie mich hinstellte wie ein hilfsbedürftiges Weibchen ohne jedes Selbstbewusstsein.

Ihre Geschichte war ein Epos, alles daran war glorreich, die Zeit, der Ort, die handelnden Personen – und ich hatte einfach nie auch nur mit halbwegs Vergleichbarem aufwarten können. Allein die Tatsache, dass die Geschichte 1951 in Jugoslawien spielte, tauchte sie in ein magisches Licht. Dazu kam, dass Nana jung und blond war und mit Hochsteckfrisur und verächtlicher Oberlippe den Blick stolz in die Ferne richtete, als könne niemand ihr das Wasser reichen. So stand sie eines Tages in einer staubigen Gasse vor einem Stoffladen und trat ein, weniger um etwas zu kaufen, als um Schutz vor der Sonne zu suchen, und hinter dem alten hölzernen Ladentisch stand ein hemdsärmeliger Bursche mit kohlenschwarzem Haar und ebensolchen Augen, mein künftiger Großvater. Ohne ihn eines Blickes zu würdigen, begann sie ihn mit Aufträgen herumzuhetzen: Zeigen Sie mir dies, zeigen Sie jenes, und den Stoff dort oben würde ich auch noch gern sehen, und, Moment, den muss ich befühlen. Und der Ärmste stieg ununterbrochen die Leiter hinauf und hinunter, zog Stoffballen heraus und steckte sie wieder zurück, während sie demonstrativ hustete, weil jeder Stoffballen, der auf dem Ladentisch landete, eine Staubwolke aufsteigen ließ. Sie besaß die Gabe, sich zu beklagen, ohne eine einzige Silbe zu äußern.

Obwohl dieser Anfang viel kommende Mühsal erahnen ließ, war er sofort Feuer und Flamme, und auch sie zuckte zusammen, als sie beschloss, ihn sich näher anzusehen. »Zusammenzucken« – das Wort blieb immer dasselbe, und sie sagte, es sei fast ein Zucken des Erschreckens gewesen, denn seine Augen waren glühende Kohlen.

Natürlich kaufte sie ihm nicht das kleinste Fitzelchen Stoff ab, versprach ihm aber, tags darauf wiederzukommen, und dieses Versprechen war ihm Lohn genug für so viel vergebliche Arbeit. Am nächsten Tag kam sie tatsächlich, er hatte sich schon seine Rede zurechtgelegt, und sie war bereit, Ja zu sagen. Als Kind hatte ich, wenn sie mir die Geschichte erzählte und wir an dieser Stelle angelangt waren, immer dasselbe Bild vor Augen: dass der Großvater kein Wort herausbrachte oder aber dass sie, gekränkt von seinem Ansinnen, aus dem Laden rauschte.

Und jedes Mal wartete ich bang auf die Fortsetzung, denn ich fürchtete, wenn die Geschichte sich unversehens änderte, könnte sich auch alles Weitere ändern – womöglich wäre ich selber mit einem Federstrich aus der Welt verschwunden.

Aber die Geschichte entrollte sich zu meinem Erstaunen unveränderlich gleich. Zehn Tage nach dieser ersten Begegnung heirateten sie. Sie erfuhr, dass er ein uneheliches Kind hatte, ein Umstand, der zu der Zeit an der Grenze des Erträglichen war, aber sie blieb bei ihrem Entschluss. Nie fürchteten sie sich voreinander. Insgeheim mochte jeder seine Bedenken gehabt haben, doch sobald sie zusammen waren, verflogen alle Ängste. Sie ließen die Jahre des Staubs hinter sich, gingen der Zukunft entgegen und lebten Seite an Seite, bis sie irgendwann auf einmal müde waren. Und eines Tages vor zehn Jahren rief Nana an und fragte, ob sie zu uns ziehen könne, sie hätten beschlossen, sich scheiden zu lassen. Einfach so, in bestem Einvernehmen: Sie zerfleischten sich nicht gegenseitig, wie so viele es tun, sie fochten keine absurden Kämpfe aus, sie gingen ganz einfach auseinander. Sie ertrügen einander nicht mehr, sagten sie zur Erklärung. Die übrige Familie machte ein Drama daraus – nicht etwa wegen der erloschenen Liebe. Die eigentliche Tragödie für uns war das erwartete Gerede der Leute über ein Uraltehepaar, das sich trennte, er dreiundachtzig und sie siebenundsiebzig. Wir wollten nicht zu einer Familie gehören, in der in fortgeschrittenem Alter bizarre Entschlüsse gefasst werden, denn beurteilt wird man natürlich aufgrund des Erbes, das einem die Altvorderen hinterlassen, und nach dem, was man nach außen hin darstellt.

»Dieses Bedürfnis nach Normalität wird euch noch die letzte Kraft kosten«, urteilte der Großvater.

»Was ändert es denn, wenn ihr einfach noch ein paar Jahre zusammenlebt?«, fragte der Onkel erbittert über so viel Starrsinn.

»Ein paar Jahre – spinnst du? Mir geht's blendend, und es fällt mir nicht ein, in der nächsten Zeit schon abzutreten!«, gab der Großvater grimmig zurück.

Der Onkel hob resigniert die Hände, die Übrigen wechselten vielsagende Blicke, und am Ende hatten sich zwei Lager gebildet: auf der einen Seite die Großeltern, vereint in ihrer Entschlossenheit, nicht länger zusammenzuleben, auf der anderen die Kinder und Enkel, vereint in ihrer Scham und verzweifelt nach einem Besen suchend, mit dem sich der aufgewirbelte Staub unter den Teppich kehren ließ.

»Wir haben Memmen großgezogen«, sagte der Großvater zu Nana, und sie nickte.

Natürlich setzten sie sich durch. Sie reichten die Scheidung ein, der Großvater wohnte bei seinen Söhnen, und Nana zog zu uns. Einmal im Monat telefonierten sie miteinander; er rief gegen Monatsende an, wenn die Rente auf dem Konto war, und fragte, ob sie Geld brauche; sie lehnte sein Angebot zwar grundsätzlich ab, er aber überwies trotzdem einen symbolischen Betrag – das war eine Frage des Prinzips.

Nanas Geschichte hatte immer denselben Schluss:

»Sagt, was ihr wollt, aber unsere Ehe hat immerhin länger gehalten als Jugoslawien!«

Als die Neoromantikerin zum x-ten Mal ihre Geschichte erzählt hatte, war es zwei Uhr nachts, und wir gingen schlafen. Ich wälzte mich lange im Bett und fand keinen Schlaf, weil mich Erinnerungen plagten, Sehnsucht in ihrer düstersten Gestalt, Fragen und vor allem Ängste, riesige Schatten, die mein Leben verdunkelten, Befürchtungen, die weder Hand noch Fuß hatten, aber mein Herz rasen ließen und meinen Magen aushöhlten – wegen einer Zeit, die definitiv vorbei war. Ich stand wieder auf, schaltete den Computer ein und begann in alten Fotos zu stöbern: Frühling 2009, Sommer ohne Geld in Rom 2009, Weihnachten 2010, 1. Mai, Ferien 2011, Jahreswechsel 2012, Geburtstage, weitere Ferien. Zwischen dem leidenschaftlichen Beginn, bei dem ein verstopftes Klo den Ausschlag gegeben hatte, und dem resignierten Ende in einem Dörfchen an der Schweizer Grenze lagen Milliarden ganz normaler Momente.

Ich kehrte ins Bett zurück und starrte an die Decke. Beendete Beziehungen waren für mich immer die unnatürlichsten Erfahrungen, mit denen man im Leben fertigwerden muss: Ein Mensch, den du in- und auswendig kennst und der dich seinerseits in- und auswendig kennt, wird auf einmal zum Fremden. *Puff.* Weg, verdampft, verraucht, weggezaubert – ein Magier lässt ihn in seinem Ärmel verschwinden, aus dem er als lästige Krähe auftaucht und dir ins Hirn pickt. Noch drei Tage zuvor hat der andere über Kopfweh, ein Problem in der Arbeit, einen verpassten Zug geklagt, und du hast Anteil genommen und mitgefühlt; drei Tage später willst du nichts mehr davon wissen, dass er sich vor Kummer verzehrt. Es *betrifft* dich nicht mehr. Doch so absurd es sich anhören mag – nach dem Verlieben ist der zweite Moment, in dem man einander am nächsten ist, ausgerechnet das Ende. Für manche Menschen ist vielleicht das Ende seinerseits eine Art, sich zu verlieben.

Wie es ging

Die folgenden Tage kann ich nicht rekonstruieren; ich versuche es oft, ich konzentriere mich, grabe in meinem Gedächtnis und bin doch nicht imstande, auch nur einen einzigen Tag in der Woche, die auf diesen gemeinsamen Abend folgte, heraufzubeschwören. Ganz bestimmt haben wir nichts Besonderes getan, wahrscheinlich haben wir nur zu Mittag und zu Abend gegessen, sind in den Bergen herumgelaufen, haben versucht, Zelig zu erreichen, haben geschlafen, gestritten, geplaudert, getratscht. Dennoch habe ich das Gefühl, dass mir etwas Wesentliches entgangen ist. Lange Zeit habe ich mich immer wieder gefragt: »Hat sie in dieser Woche etwas getan, das wir uns hätten einprägen müssen?«

Als ich an jenem Morgen erwachte, ließ ich den Blick durch den Raum wandern, bis er sich auf die rechte obere Ecke des Schranks heftete. Ich wusste genau, was sich hinter dieser Flügeltür verbarg: ein blaues Federbett, gefütterte Winterhosen, Wollhandschuhe in verschiedenen Farben, ein gelber, zwei Meter langer Schal, zwei Sweatshirts, oversized, und beim Gedanken daran kamen mir der trockene, bittere Harzgeruch des Waldes und das Gefühl schweißfeuchter Füße in Wanderstiefeln in den Sinn. Dann senkte sich mein Blick zu der Schublade links unten, ich riss ihn aber sofort wieder los, um nicht in den Abgrund aus Schmerz zu fallen, der darin lauerte. Meine Augen aber kehrten unfolgsam zurück. Diese Schublade hatte ich seit Jahren nicht geöffnet, und doch meinte ich mich an die dort angelegte Ordnung zu erinnern. Vielleicht war es auch gar keine Ordnung, sondern nur ein Stapel von Blättern desselben Formats, nach dem Datum sortiert, und nicht einmal das ist sicher – wer weiß, ob sich einer von uns diese Mühe gemacht hat. Briefvordrucke des Roten Kreuzes waren es, zehn, fünfzehn Zeilen pro Blatt in schwarzer oder blauer Tinte – Worte, die zunächst nur eine Chronik der Belagerung schienen und sich erst im Nachhinein in Epitaphe extremer Liebe verwandelten.

Wäre ich aufgesprungen und hätte entschlossen die Lade aufgezogen, hätte ich diese Zeugnisse nicht sofort gefunden, sondern wäre zuerst auf ein paar große weiße Umschläge gestoßen, auf denen in Rot stand: »Empfänger gilt derzeit als verschollen.« Darin lagen unsere Briefe, die nicht zugestellt worden waren, die Chronik eines Lebens als Flüchtlinge, die jetzt den bitteren Nachgeschmack des Unwiederbringlichen hatte. Warum bewahrt man so etwas auf, mitsamt dem Urteil in Großbuchstaben?

Einmal – es war ein paar Jahre her – hatte ich den Mut aufgebracht, die Lade zu öffnen und jene Briefe herauszunehmen, die von meinem Vater stammten. Es hatte mich ziemlich aus der Bahn geworfen, in eine andere Zeit katapultiert, in der alle noch so selbstverständlich am Leben waren. Ihre Stimmen hallten durch meine Gegenwart – nein, anders: Sie hallten durch den schwarzen Abgrund zwischen meinem früheren Leben und dem, was danach kam.

Die Briefe, die das Rote Kreuz verschickt hatte, waren offen unterwegs, umschlaglos neugierigen Blicken ausgeliefert, dünne, durchscheinende Blätter, die unser Vater bei Kerzenschein beschrieben hatte, im Wohnzimmer eines Hauses, das heute nicht mehr existiert, aber einst unseres war. Auf dem Boden sitzend, in sicherer Distanz von den Fenstern, schrieb er immer vier Briefe auf einmal, jedem von uns einzeln. Die Briefe an die Mutter begannen mit einer Ermahnung in Großbuchstaben: »Lania, wenn du die Post entgegennimmst, lies nicht den Brief an die Mama, du hast schon genug damit zu tun, was ich dir und deinen Brüdern geschrieben habe.« Überflüssig zu erwähnen, dass ich nichts Eiligeres zu tun hatte, als den Brief an die Mutter zu lesen.

Er hatte eine ganz eigene Sprache, präzise, subtil, ätzend und herzlich zugleich. Seine Herzlichkeit kam, obwohl immer am Ende eines Briefs, unerwartet, nach einem Wechselbad aus Späßen und Sorgen. Er liebte Wortspiele, deren Logik uns vertraut war, er folgte den Wechselfällen unseres gemeinsamen Lebens und gab sie uns wieder. Hinter seiner ungewöhnlichen Sprache erwachte er zum Leben, war uns greifbar nah, und nichts hatten wir, was uns das Gegenteil bewies – außer den weißen Umschlägen mit ihrem Verdikt in roten Buchstaben; sie holten uns in die Realität zurück.

Ich stand auf und ging in die Küche, wo die Mutter Obst wusch; sie wusch immer zwanghaft alles Obst, auch wenn es sowieso geschält wurde. Früher hatte ich diese Manie als Symptom einer rätselhaften Neurose abgetan, bis ich mich eines Tages dabei ertappte, dass ich selber Orangen wusch. Von da an war mir klar, dass nichts daran zum Lachen ist und dass man sich über die eigenen Eltern auch nicht lustig machen soll, denn irgendwann wird man ihnen in vielerlei Hinsicht ähnlich, ob man will oder nicht.

Ich machte mir einen Kaffee, schlenderte durchs Haus, ging in den Garten hinaus. Es war fast Mittag, und es ging ein kalter Wind, als wäre März, aber die Sonne stach wie im August. Das Gras war smaragdgrün, und auf dem Berg gegenüber lag immer noch Schnee. Ein wirrer Tag.

Candide stand rauchend und wütend neben einem Baum, an dem er sein Seil festband.

»Was ist?«, fragte ich.

»Nerv nicht.«

»Bist du mit dem falschen Fuß aufgestanden?«

»Jetzt nerv mich nicht!«

Ich setzte mich in den Liegestuhl und drehte mir ebenfalls eine Zigarette.

»Zieh Leine, ich will mich sonnen«, schnauzte er.

»Ich habe mich aber als Erste hineingesetzt!«

»Dann kannst du auch als Erste wieder aufstehen!«

»Nein.«

»Los, Lania, steh auf, mir ist nicht nach Diskussionen.«

»Dann streite nicht, sondern lass mich in Ruhe wach werden.«

Er trat zu mir und zerrte mich tatsächlich aus dem Liegestuhl, mit Gewalt – er packte mich am Arm und warf mich zu Boden, und ich schaffte es nicht, mich zu wehren.

»Spinnst du!«, schrie ich, mich im Gras wälzend, während er höhnte: »Heul doch nach der Mama!«

»Du kannst mich mal«, sagte ich, rappelte mich auf und kehrte ins Haus zurück.

Candide war offensichtlich mit dem falschen Fuß aufgestanden und hatte es fertiggebracht, auch mir den Tagesbeginn zu verleiden. Dass Männer körperlich stärker sind, war mir schon immer unerträglich.

Ich blickte aus dem Fenster. Candide balancierte jetzt barfuß auf dem dünnen Seil. Er wandte mir das Gesicht zu, hatte aber die Augen geschlossen und einen seligen Ausdruck. Geradezu ätherisch. Mit ausgebreiteten Armen hielt er sich im Gleichgewicht und sah aus, als wollte er jeden Moment losfliegen.

Im Garten standen, in wohlbedachter Ordnung, Dutzende Töpfe mit Pflanzen, die meisten importiert. Die Mutter brachte von ihren Reisen nach Bosnien oder Kroatien immer irgendwelche Ableger, Schösslinge, Wurzeln mit, die sie eintopfte und die wider Erwarten in der neuen Erde üppig gediehen. Im Lauf der Jahre war es ihr gelungen, unseren früheren Garten in Bosnien tausend Kilometer entfernt wiederauferstehen zu lassen.

Ich deckte den Tisch: die Nana am oberen Ende, wir drei an den Seiten. Ich erinnere mich nicht, ob jemand am Kopfende des Tisches gesessen hatte, bevor sie zu uns kam; wahrscheinlich nicht. Es war ein leerer Platz gewesen.

Die Mutter legte in der Küche letzte Hand an, Candide kam wieder herein und schaltete den Fernseher ein; es lief eine Doku über zebrajagende Löwinnen. In rechthaberischem Ton teilte die Stimme des Kommentators mit, dass Löwinnen und Zebras gleich schnell rennen, mit zirka fünfzig Stundenkilometern, dass aber die Zebras länger durchhalten, während die Löwin sich mit List und Tücke so nah wie möglich heranpirscht, um ihre Beute zu überrumpeln. Das Bild wechselte, nun erfasste die Kamera aus der Luft Dutzende Zebras, die von einer einzigen Löwin verfolgt wurden und galoppierten, was das Zeug hielt. Von außen betrachtet, hat Angst immer etwas Lächerliches. Das Drama ist, dass man nie draußen ist, sondern alles immer von innen erlebt. Die Kamera konzentrierte sich jetzt auf ein Zebrafohlen, das verzweifelt rannte, aber weit hinter der Herde zurückgeblieben war. Von der Löwin trennte es noch höchstens ein Meter, aber in der Hektik der Flucht schien die Distanz noch geringer. Mit schlecht verhohlenem Sadismus wies uns die Stimme aus dem Off darauf hin, dass das kleine Zebra nur zu stolpern brauchte, um im Maul der Löwin zu enden. Dann stieg das Gelände an, das Fohlen wurde langsamer, und im nächsten Moment hatte es die Löwin erwischt. Ich empfand heftiges Mitleid mit dem hartnäckigen kleinen Verlierer.

Ich klappte den Laptop auf. Ein Chat war offen; es war nicht meiner, klar, aber die Verlockung, einen Blick ins Leben eines Angehörigen zu werfen, war so groß, dass ich nicht widerstehen konnte. Ich brauchte ein bisschen Tratsch.

In meiner Familie war die Privatsphäre der anderen kein Grund für moralische Bedenken; überhaupt hatten wir nie verstanden, weshalb sich die italienische Politik seit Jahren mit der Frage des Mitschneidens von Telefongesprächen befasste. Ich weiß nicht, wer damit angefangen hat, vielleicht die Mutter, die mein Tagebuch las, als ich siebzehn war, und dadurch Dinge erfuhr, die Eltern nicht wissen wollen, es sei denn, sie halten die Zeit für reif, Großeltern zu werden. Nein, vielleicht hatte es auch schon früher einzelne Fälle gegeben. Kann sogar sein, dass ich selber angefangen habe, aber wenn alle schmutzige Hände haben, spielt es letztlich keine Rolle, wer der Erste war.

Ich las also den Chat und erbleichte. So geht es, wenn man die Nase in anderer Leute Angelegenheiten steckt: Ohne es zu wollen, macht man sich zum Mitwisser von Übeltaten.

»Ruft die Nana zum Essen!«, schrie die Mutter aus der Küche, um den Fernseher zu übertönen.

»Ja, ja«, sagte Candide.

»Ich rauche noch fertig und hole sie«, sagte ich.

Wir blieben, wo wir waren. Gut zehn Minuten. Ich beobachtete Candide und lauerte auf irgendeinen Hinweis. Die Mutter stellte die Schüsseln auf den Tisch und forderte uns noch einmal auf, Nana zu rufen.

Ich wollte aufstehen, doch Candide kam mir zuvor, sprang auf und war mit einem Satz aus dem Zimmer, und draußen auf dem Flur brüllte er: »Nana, das Essen ist fertig!«

Er kam zurück, wir setzten uns an den Tisch und fingen an zu essen, ohne auf Nana zu warten, weil wir, wenn wir unter uns sind, auf solche Förmlichkeiten nichts geben. Nach einer Weile aber kam es uns komisch vor, dass sie noch nicht erschienen war, und die Mutter stand wortlos auf und ging hinaus, um sie noch einmal zu rufen.

Wir aßen schweigend weiter, ich und Candide – er, weil er sich seelenruhig seiner Mahlzeit widmete und keine Ahnung hatte, dass ich über sein Geheimnis Bescheid wusste; ich, weil ich ihm eher den Schädel eingeschlagen hätte, als auch nur ein Wort mit ihm zu wechseln. In Gedanken versuchte ich mir einen effektvollen Satz zurechtzulegen, einen, der ihn auf elegante Weise entlarvte, ohne dass ich mich dabei selber als Hysterikerin hinstellte, aber es fiel mir nichts Originelles ein.

Es vergingen eine Minute oder zwei, vielleicht eine Ewigkeit, in völligem Schweigen. Es schien ein ganzes Leben her zu sein, seitdem die Mutter den Raum verlassen hatte. Ja, es musste wirklich ein ganzes Leben verstrichen sein, denn als sie wiederkam, war sie leichenblass und eingefallen; sie sank aufs Sofa und murmelte mit blicklosen Augen: »Mama ist tot.«

»Mama«, sagte sie, nachdem sie ihre Mutter jahrelang nur Nana genannt hatte. Als wollte sie jetzt die Rollen neu definieren und einen angemessenen Platz für sich selbst finden. Man kehrt doch immer zum Anfang zurück, ob man will oder nicht.

Starr, die Gabel in der Hand, sah ich meine Mutter tief in das rote Sofa sinken: Auf einmal wirkte sie wie ein verängstigtes, einsames Mädchen. Man wird wieder zum Kind. Man mag sich noch so sehr aufgelehnt, noch so weit entfernt haben – wenn ein Elternteil stirbt, wird man wieder zum Kind.

Candide starrte sie mit offenem Mund und aufgerissenen Augen an, geschockt. Auch er war wieder Kind geworden und brauchte Trost und Beschwichtigung. Der Tod rüttelt alle auf, und manchmal stellt er jeden dorthin zurück, wohin er gehört.

In diesem speziellen Fall aber verpuffte alles in einem einzigen Augenblick – unsere Spielchen, die wir seit Jahren hier praktizierten, das andauernde »ich brauch dich nicht, ich bin schon groß«, das »du verstehst mich nicht«, das ständige Bedürfnis, so zu tun, als wäre man jemand anders und hätte nicht das Erbe, das wir nun mal mit uns herumschleppen – das alles verflüchtigte sich in einem einzigen Augenblick. In *diesem* Augenblick.

»Bist du sicher?«, brachte ich heraus, während mir das Herz bis zum Hals klopfte.

Sie gab keine Antwort; natürlich war meine Frage sinnlos, und sie drang auch gar nicht zu ihr durch. Erstarrt, wie einbalsamiert saßen wir da. Wir waren alle ratlos; es stand eine komplizierte Abfolge unumgänglicher Maßnahmen an, und keiner konnte sich aufraffen, den Anfang zu machen.

Auf einmal aber sprang Candide auf und stürmte aus dem Raum, als könne er, wenn er sich selbst überzeugte, bessere Kunde bringen. Minuten später war er wieder da, bleich, und setzte sich neben die Mutter aufs Sofa. Es war, als würden sie beide vom Sofapolster nach und nach eingesogen, und ich wusste nicht, was tun: in Nanas Zimmer gehen und den Tod mit der Hand berühren? Hierbleiben, während Mutter und Bruder vom roten Sofa verschlungen wurden? Ich war wie gelähmt, auf halbem Weg gestoppt. Wir hätten einander umarmen sollen, aber das gelang uns schon unter normalen Umständen schlecht.

Ich schwitzte. Die Sonne brannte durch die Fensterscheiben auf unsere Köpfe, und meine Gedanken sprangen wirr hin und her, ohne irgendeine Logik. Die Worte »Mama ist tot« klangen mir noch in den Ohren und wühlten Erinnerungen an andere trauerschwarze Tage, an andere Todesnachrichten auf. So ist das also, dachte ich, als ich den alten Schmerz wiedererkannte.

Die Mutter fand schließlich die Kraft, sich gegen das Sofa zu wehren, und stand auf wie ein General, der seine Truppen versammelt, sie ergriff meine Hand und zerrte mich hinter sich her nach nebenan, wo Nana auf dem Bett lag. Sie ging mit raschen Schritten, während ich mir vorkam wie aus Gummi. Candide folgte uns. Eine jähe Erinnerung an Nana, die mit uns – Zelig, Candide und mir – im Innenhof ihres Hauses in Bosnien Ringelreihen spielt. Ich sah meine Brüder als kleine Kinder, die sich vor Lachen auf dem Boden kugeln. Auch Nana saß, in ihren langen grauen Rock gefaltet, auf dem Boden.

Jetzt sah sie aus, als schliefe sie tief, schliefe einen von den Sorgen des Lebens befreiten Schlaf. Die Sonne fiel durch die Falten des Vorhangs und ließ zarte Schatten über ihr Gesicht huschen. Nanas Augen waren geschlossen, die Lippen fest zusammengepresst, als hätte sie etwas im Mund, was sie behalten wollte, und in ihrem Gesicht stand die Unbeirrbarkeit eines Menschen, der eine Entscheidung getroffen hat. Sie war vollständig angekleidet, hochgeschlossen bis zum Kinn; vielleicht hatte sie sich nur kurz hingelegt, wie häufig zwischen zwei Mahlzeiten, nach dem Frühstück, nach dem Mittagessen, denn sie pflegte zu sagen, im Alter seien ihr die Tage lang geworden, und für das, was sie noch zu tun habe, reiche ihr auch ein Tag mit zwölf Stunden. Altern, behauptete sie, sei nichts anderes als ein langsames Schrumpfen der Bedürfnisse. Hektik hatte sie noch nie ausstehen können, und mit den Jahren hatte sie ihr Tempo noch weiter gedrosselt. Ich liebte ihre gedehnte Zeit. Wenn ich monatelang Phantomen nachgejagt oder von einem prekären Job zum anderen gehetzt war, dann zu ihr zurückkam und wir einfach Kaffee miteinander tranken, tauchte ich ein in ihre tiefe, überströmende Ruhe, und das war, als fiele ich aus Zeit und Raum. Solange sie da war, gab es einen Platz für mich, an dem ich Kind sein durfte, einen Platz, an dem noch alles möglich war und die Zukunft nicht wichtig, ja nicht mal erstrebenswert.

Seit ein paar Jahren war Nana gleichsam silbern geworden – Zelig sagte, das liege an den grauen Haaren, aber es war kein stumpfes oder erloschenes Grau, sondern ein Funkeln und Leuchten, sogar ihr Gesicht strahlte.

Ein Windhauch bewegte den Vorhang, ein unerwarteter Sonnenstrahl schlich sich herein und ließ für einen Moment die Haarsträhne über ihrer Stirn aufleuchten.

Als sie sich bewegte – nicht die Nana: die Haarsträhne im Luftzug – und sich über ihre Augen legte, beugte die Mutter sich unwillkürlich vor und strich ihr das Haar zurück, hinter das Ohr, kämmte es mit den Fingern – und klappte auf einmal zusammen. Weinend fuhr sie der Nana mit den Fingern durchs Haar, eine fast rituelle Geste, wie um sie ins Leben zurückzuholen. Mutters Weinen ließ auch bei mir die Tränen fließen und vielleicht auch bei Candide, aber er verließ das Zimmer, damit man es nicht sah.

Linkisch, fast lahm wollte ich mich nähern und meine Mutter umarmen, aber ich wusste nicht, wie man das macht; am Ende konnte ich ihr nur eine Hand auf die Schulter legen und sie flüsternd auffordern, nicht hierzubleiben, mit mir ins Wohnzimmer zu kommen, aber sie wollte eine Zeit lang allein mit ihrer Mutter sein.

Ich schloss mich im Bad ein und beugte mich über das Waschbecken. Was für ein seltsames Geräusch ist das Schluchzen, ein impulsiver, fast tierischer Laut, das menschliche Äquivalent des Heulens, das uns mit seiner Heftigkeit überrumpelt, umso mehr, je mehr wir es zu unterdrücken versuchen. Der Atem, der auf jedes Heulen oder Schluchzen folgt, ist so lebensprall, als hätte man lang die Luft angehalten.

Eine Frau kam mir in den Sinn, die ich als Kind erlebt hatte: Sie war ein Klageweib, das gewerbsmäßig die Toten beweint und dafür bezahlt wird; es ist eine orthodoxe Sitte. Ich habe sie deutlich in Erinnerung – eine kleine, rundliche Frau, schwarz gekleidet, das Gesicht hinter einem schwarzer Spitzenschleier verborgen; sie saß auf einem hölzernen Schemel auf dem Balkon unseres Nachbarn, im dritten Stock eines grauen Wohnhauses, von dem der Putz bröckelte, und schrie den Namen des Verstorbenen, betete zu einem Gott und weinte falsche Tränen – oder anders: Viel wahrscheinlicher ist, dass sie sich mit einem privaten Schmerz behalf, den sie heraufbeschwor. Ich war vollkommen fasziniert von ihr, so fasziniert wie an dem Tag, an dem ich auf der Straße einen Akkordeonspieler mit einem Bären im Schlepptau gesehen hatte; der Bär trug eine rotbraune Weste und tanzte aufrecht auf zwei Beinen zu den Zigeunermelodien des Akkordeons. Als ich jetzt auf dem Badewannenrand hockte und den Schleim ausspuckte, der mir die Kehle blockierte, sprangen meine Gedanken von dem Zebrajungen zu dem Bären und von Nana zu der Frau mit dem Spitzenschleier und von da zu den Kinderstimmen, die »Ringel, Ringel, Reihe, wir sind der Kinder dreie...« sangen.

Ich wusch mir das Gesicht mit eiskaltem Wasser und ging in den Garten hinaus, wo ich Candide fand. Er rauchte und starrte blicklos irgendwohin. Wir sahen uns an, dann schlugen wir beide die Augen nieder.

»Hast du's gespürt? Die Nana war noch warm«, sagte er.

»Nein, ich hab sie nicht angefasst.«

»Hätten wir sie früher gerufen...«

»Das hätte auch nichts geändert.«

»Vielleicht hätten wir's aber gemerkt, dass es ihr nicht gut geht, wenn sie mit uns am Tisch gesessen hätte.«

»Ja, aber wer sagt denn, dass wir was hätten tun können.«

»Vielleicht nicht. Trotzdem sind wir stinkfaul.«

»Das stimmt«, gab ich zu, aber nur zum Schein. In Wirklichkeit hätte ich ihn anschreien wollen, der Faulpelz sei er, nicht ich, die ich ein kleiner Sowjetsoldat bin. Aber jetzt war nicht der richtige Zeitpunkt. Den richtigen Zeitpunkt gibt es nie; es trifft einen doch immer dann, wenn man am wenigsten darauf gefasst ist. Mit Sicherheit wären wir bessere Menschen, wenn es richtige Zeitpunkte gäbe ...

Wir lehnten beide an der Mauer und inhalierten Rauchschwaden.

Egal, unter welchen Umständen jemand stirbt – nachher fühlt man sich doch immer irgendwie schuldig, dass man nichts getan hat, um ihn zu retten – vielleicht ein letzter Versuch, eine an sich unumstößliche Tatsache doch zu ändern.

»Wird die Mutter es schaffen, was meinst du?«, fragte er mit einem Zittern in der Stimme.

»Natürlich, sie hat viel Schlimmeres erlebt und überstanden. Du weißt doch, wie sie ist«, antwortete ich.

»Es ist komisch.«

»Was?«

»Ich weiß nicht, aber ich dachte wirklich, wenn wir immer über Nanas Tod Witze machen, stirbt sie am Ende nie.«

»Tja ...«

Mit unseren dauernden Scherzen hatten wir uns eingeredet, dass der Tod nichts Besonderes ist, dass er uns beim nächsten Mal nicht überrumpelt, dass er keine so tiefen Wunden mehr hinterlässt wie früher.

Die Mutter erschien in der Tür, rief uns ins Haus und begann ruhig mit der Verteilung der Aufgaben: Sie selbst wollte den Amtsarzt verständigen, ich sollte im bosnischen Konsulat anrufen und mich erkundigen, welche Papiere wir jetzt brauchten, und sie dann auch beschaffen; Candide sollte Zelig anrufen.

Jeder ging in ein anderes Zimmer, um zu tun, was getan werden musste. Während ich noch dem ins Leere läutenden Konsulatstelefon lauschte, kam Candide herein und hielt mir sein Handy hin: Zelig war dran und glaubte kein Wort. Natürlich – Nanas Tod war ja leider schon zum Running Gag geworden. Als Zelig es dann doch endlich glaubte, versprach er, mit dem ersten Flugzeug zu kommen, das Platz für ihn habe, oder mit irgendeinem anderen Verkehrsmittel. Den angeblichen Verlust seines Reisepasses überging ich stillschweigend. Jetzt war nicht der richtige Zeitpunkt, um zu streiten.

Ich rief wieder im Konsulat an; man musste es tatsächlich bis in alle Ewigkeit läuten lassen, damit sich überhaupt jemand meldete. Das war mir vor ein paar Jahren klar geworden, als ich einen Wutanfall hatte, weil man dort nie eine Menschenseele erreichte, und mir – aus Wut – vornahm, nicht ein- oder zweimal anzurufen, sondern hundert-, zweihundertmal, bis sie den Lärm irgendwann nicht mehr aushielten und kapitulierten, aus reiner Erschöpfung. Damals hatte sich nach zwei Stunden unermüdlichem Anrufen eine gelangweilte Stimme gemeldet. Seit Stunden, sagte ich genervt, versuchte ich eine Auskunft von ihnen zu bekommen, was sei das denn für ein

Service für ihre Landsleute, wenn sie telefonisch nicht zu erreichen seien! Mein gelangweilter Gesprächspartner redete sich mit irgendeinem nicht näher benannten bosnischen Feiertag heraus. Offenbar taten sie dort nichts anderes als sich Feiertage auszudenken, bosnische, serbische, kroatische, italienische... Es sei mir natürlich klar, sagte ich, dass wir das Paradebeispiel einer multireligiösen und multikulturellen Gesellschaft seien, aber das sei ja alles nichts Neues, und ich fände es wirklich nicht angebracht, wieder mit der alten Leier anzufangen, jedenfalls nicht bei den Feiertagen. Die gelangweilte Stimme fragte, womit man denn sonst anfangen solle, ... und ich sagte, egal, ich wolle nur meinen Pass verlängern und nicht die soziopolitischen Probleme des Landes erörtern.

An dem Tag, an dem Nana starb, ging nach nur zwanzig Minuten jemand ans Telefon, und als ich die Lage erklärte – es gebe einen Todesfall, und wir kämen aus einer recht *speziellen* Stadt in Bosnien –, erwies sich mein Gesprächspartner als extrem verständnisvoll und hilfsbereit. Schon am nächsten Tag hätten sie sämtliche Papiere fertig, und ich könne sie abholen.

Konsulat erledigt.

Zelig unterwegs.

Der Arzt würde bald da sein, um den Totenschein auszustellen.

Es war beinahe alles geschafft. Man musste nur noch das Bestattungsunternehmen anrufen und die Reise nach Bosnien planen.

An der Westküste der Adria lief die Organisationsmaschine wie geschmiert. Anders auf der gegenüberliegenden Seite: Wir würden den Großvater anrufen müssen, obwohl man vielleicht besser den Onkel verständigte.

Die Aufgabe, ihren Bruder und ihren Vater anzurufen, fiel natürlich der Mutter zu, das konnten wir nicht tun, das schien nach dieser seltsamen Werteskala, die der Tod aufstellt, nicht angebracht. Sie machte sich einen Kaffee, setzte sich aufs Sofa und wählte. Nach ein paar Sekunden nahm jemand ab, doch es war nicht der Onkel. Mit zittriger Stimme fragte sie nach ihm, wartete ungeduldig, bis er ans Telefon ging, und als er sich meldete, bewahrte sie nur ein paar Sekunden lang die Fassung; dann brach sie in Tränen aus. Anscheinend war sie vor lauter Schluchzen nicht verständlich, denn sie musste die Nachricht zweimal wiederholen, bis er endlich kapiert hatte, was los war, was die Quälerei nur schlimmer machte. Sie weinten beide am Telefon, jeder auf seiner Seite, auf seinem Sofa, mit tausend Kilometern Abstand zwischen ihnen. Sie weinten lange, und ich hatte das Gefühl, dass sie nicht nur wegen Nana weinten, sondern zugleich wegen allem anderen – einer Vergangenheit, die begraben schien, aber bei jedem neuen Kummer sofort wieder präsent war.

Sie verabschiedeten sich mit dem Versprechen, bald wieder zu telefonieren. Der Onkel wollte selbst den Großvater und alle anderen verständigen, die wir auf der Liste der bosniakischen Verwandten vergessen hatten.

Die Mutter nannte mir die Nummer des Bestattungsunternehmens, ich wählte und wartete. Unterdessen läutete es an der Tür, und draußen stand der Arzt mitsamt einem Freund der Familie. Schweigend kamen sie herein und kondolierten uns der Reihe nach. Ich glaube, sie murmelten Floskeln wie »ihr müsst jetzt stark sein« und »so ist das Leben« und Ähnliches, das man mit bekümmerter Miene zum Besten gibt, wenn man nichts Substantielleres zu sagen hat. Wie es weiterging, hörte ich nicht, denn jetzt meldete sich jemand vom Bestattungsunternehmen. Hektisch ratterte ich herunter, wer ich sei und in wessen Auftrag ich anriefe, und erklärte, wir hätten schon vor ein paar Jahren alles vereinbart. Ich redete drei, vier Minuten lang, ohne Atem zu holen, und als ich fertig war, gab mir eine müde Frauenstimme eine Antwort, die schlimmer war als eine kalte Dusche.

»Wie, geschlossen, Entschuldigung?«

»Ja, mein Mann hat das Geschäft aufgegeben, wegen der Krise ...«

»Aber Ihr Geschäftsbereich ist doch absolut krisensicher!«, rief ich empört.

»Ich meine nicht die Wirtschaftskrise, sondern die Midlife-Crisis ...«

Nichts zu machen. Simone hatte seinen Laden zugesperrt und sich aus dem Staub gemacht – wohin, verstand ich nicht, jedenfalls aber mit einer Jüngeren, die ihm den Kopf verdreht hatte. Das übliche Trauerspiel mit den Männern, sagte die verlassene Ehefrau abschließend, diesen Idioten, die mit dem Alter nicht klarkommen.

Jetzt musste man die Mutter informieren, die ausrasten würde, denn schlimmer als der Tod war in ihren Augen nur organisatorisches Chaos.

Der Arzt füllte ein Formular aus, die Mutter stand neben ihm und starrte ins Leere. Ich trat näher und flüsterte ihr so leise, dass niemand sonst es hörte, ins Ohr, es gebe ein Problem mit dem Bestattungsunternehmer. Der Arzt schnappte eine Information auf, die für ihn völlig irrelevant war, und blickte befremdet auf. Mutters Blick hingegen loderte auf.

»Was für ein Problem denn?«, zischte sie.

Ich versuchte ihr, in Ruhe alles zu erklären, doch ich hatte noch nicht die Hälfte dessen gesagt, was ich sagen wollte, als sie zur Hyäne wurde. Man konnte ihr am Gesicht ablesen, was in ihr vorging: Nicht genug damit, dass ihre Mutter gestorben war, jetzt kam auch noch ein Dreckskerl daher, dem es in der Unterhose brannte, und machte ihre Pläne zunichte. Sie riss mir das Handy aus der Hand und rauschte türknallend davon.

Sieben Jahren zuvor hatte Mutter ihre Vereinbarung mit dem Bestattungsunternehmer getroffen und alles bis ins kleinste Detail festgelegt: Wenn der Zeitpunkt gekommen war, würden sie Nana bei uns zu Hause abholen und ins Bestattungsinstitut bringen, wo mit der Leiche eine ungerade Zahl von Waschungen vorgenommen würde; dann würde sie mit Weihrauch parfümiert und in fünf weiße Leintücher gehüllt und schließlich in den Sarg gelegt, und zwar das allerschlichteste Modell – soweit ich begriffen hatte, lieben Muslime das Schlichte, Maßvolle, Würdige. Anschließend würde sich die Verstorbene in einem gekühlten Leichenwagen auf den Weg machen: Rückführung, einfache Fahrt.

Was fingen wir jetzt an?

Der Arzt füllte peinlich berührt das Formular aus und teilte mir mit, dass die Nana an einem Herzinfarkt gestorben sei. Er benutzte die Formulierung »Das Herz hat nicht mehr mitgemacht«, und ich ärgerte mich über diese dumme Ausdrucksweise. Ich stand draußen im Flur vor der einen Spaltbreit offenen Tür, hinter der die Nana kalt und tot lag, und fragte mich, wobei das Herz denn nicht mehr hatte mitmachen wollen, bei welcher der unendlich vielen Misslichkeiten. An dem Tag war jedenfalls nichts vorgefallen, dem es nicht hätte standhalten können, aber das Herz hat ja ein Gedächtnis, es bewahrt alles auf, häuft es an, und früher oder später findet es, dass es jetzt reicht, dass es nicht mehr *mitmachen* will. Siebenundachtzig Jahre Leben: zwei Kriege, Träume, Liebe, Kinder, Scheidung, Tote, eigene Krankheiten und die der anderen. Das Alter ist grausam, weil einem klar wird, dass man unterwegs nichts verloren hat, wirklich nichts; alles schleppt man mit, und das Gewicht drückt einen nieder, verändert den Ausdruck der Augen, und irgendwann kann man sich über nichts mehr wundern.

Der Arzt riss mich aus meinen Gedanken, indem er mir das ausgefüllte Formular in die Hand drückte, das ich, wie er sagte, in der Botschaft brauchen würde. Vollkommen verwirrt dankte ich ihm, während ich der schrillen Stimme der Mutter am Telefon lauschte. Er verabschiedete sich verlegen, als ich ihn zur Tür begleitete. Ich blickte ihm nach, während er leicht gebeugt davonging; dann holte ich tief Luft und kehrte ins Haus zurück.

Irgendwo klingelte Mutters Mobiltelefon. Ich fand Candide, der das Handy in der Hand hielt und darauf starrte, aber keinen Finger rührte; also riss ich es ihm aus der Hand und nahm den Anruf entgegen. Es war der Großvater. Er schnaufte kurzatmig und sprach mit mir, war aber überzeugt, dass ich seine Tochter sei, er sagte Unsinniges, stellte Fragen, ohne die Antwort abzuwarten; ein unaufhaltsamer Fluss. Irgendwann wurde mir klar, dass er mich keineswegs für seine Tochter hielt, sondern für Nana. Ich ließ ihn reden, bis ihm der Onkel das Telefon abnahm und sagte, der Großvater fantasiere, und wir sollten später reden, wenn sie ihn wieder beruhigt hätten.

»Komm, Papa, das war Lania, deine Enkelin, du wirst ihr Angst gemacht haben ...«, hörte ich meinen Onkel sagen, der das Gespräch nicht beendet hatte.

»Was?«, fragte der Großvater verwirrt. »Ich hätte vor ihr sterben sollen, das ist nicht gerecht ...«, jammerte er – ein Satz, den ich auf Beerdigungen schon oft gehört hatte, die Alten sagten ihn, und ich musste dann immer lächeln; anscheinend wird das Leben irgendwann zum Wettbewerb: Wer darf länger bleiben? Mir war nicht klar gewesen, dass es nicht um Sieg ging, sondern um Niederlage.

Ich drückte auf die rote Taste und kappte die Verbindung. Ich ging ins Wohnzimmer. Die Mutter saß am Tisch und hatte mein Mobiltelefon vor sich liegen, das sie ansah, als hätte sie ein Neugeborenes in ihrer Obhut. Sie blickte zu mir auf, dann schüttelte sie den Kopf. Dieser Blick bedeutete, dass ich ihrer Meinung sein musste, egal, was sie dachte.

»Sie haben ihre Zulassung noch«, sagte sie.

»Hm«, sagte ich und wartete, um nichts Falsches zu sagen, auf weitere Erklärungen. Was ist davon zu halten, wenn jemand die Zulassung für ein Bestattungsunternehmen besitzt, es aber nicht ausübt? War das gut oder schlecht, sollten wir uns aufregen oder jubilieren?

»Sie haben ihre Zulassung und einen arbeitslosen Sohn«, fuhr sie fort. Das half mir nicht weiter. Was interessierten mich Leute mit Bestatterzulassung und arbeitslosem Sohn? Hatten sie nur keine Lust zu arbeiten oder brauchten sie Unterstützung?

»Aha«, sagte ich.

»Daher hab ich ihm vorgeschlagen, dass er sich an unsere Abmachung hält. Statt des Vaters kann ja auch der Sohn den Job machen. Schließlich ist er arbeitslos, also hat doch auch er was davon, er muss ja nur einen Leichenwagen fahren. Aber diese Typen sind wirklich arbeitsscheu, jammern immer nur, und arbeiten wollen sie nichts. Die Leichenwaschung ist sowieso Frauensache, das machen wir beide, du und ich; die Frau hilft uns. Kurz und gut, das war mein Vorschlag, und sie meinten, sie würden es sich überlegen und mir dann Bescheid geben. Unfassbar, oder? Sie müssen es sich noch überlegen!«

Perfekt. Jetzt war klar, welche Musik spielte: Ich musste mich über »diese Italiener« empören, die klagen, dass ihnen die Ausländer die Arbeit wegnehmen, aber selber nicht den Hintern hochkriegen. Ich musste so tun, als interessierte uns dieser arbeitslose Knabe und als täten wir ihm einen Gefallen, wenn wir ihn die Nana nach Bosnien zurückbringen ließen, weil wir ihm damit wenigstens einen momentanen Ausweg aus der Depression verschafften. Also sprang ich ihr beherzt bei, und sogar Candide bestärkte sie, allerdings zurückhaltender als ich.

Ich hingegen tat es mit Nachdruck, obwohl sich mir bei dem Gedanken, dass ich Nanas Leiche waschen musste, der Kopf drehte; ich verfluchte das Testosteron und alle Männer mit Midlife-Crisis.

Das Telefon läutete, und die Frau mit der müden Stimme teilte uns mit, sie seien zu einem Entschluss gelangt: Ja, das ginge, der Sohn könne den Leichenwagen bis nach Bosnien chauffieren, wo ein bosnischer Bestatter Nanas sterbliche Überreste in Empfang nähme, denn der Großvater und der Onkel bestanden darauf, dass sie von *unseren* Leuten zum Friedhof gebracht würde.

Nana war seit sieben Stunden tot. Der ganze Nachmittag war ein einziges Kommen und Gehen gewesen, ein Tohuwabohu von tausend Telefonaten, zurückgehaltenen Tränen, gedrückten Händen, getätschelten Schultern. Wir hatten so oft das Zimmer der Toten betreten und wieder verlassen, dass ich mich an den Anblick des leblosen Körpers allmählich gewöhnte. Ein paarmal hatte ich auch schon innegehalten und aufmerksam ihr Gesicht betrachtet, weil ich den Eindruck hatte, dass sich der Ausdruck veränderte. Ich denke nicht, dass Nana diese Wallfahrt zu ihrem Zimmer gutgeheißen hätte, sie war doch zu Lebzeiten eine Einzelgängerin und ließ sich nicht gern stören, aber mit den Toten kann man's ja machen.

Als Letzte waren ein paar Freunde gegangen, die uns Hilfe für jeden erdenklichen Umstand angeboten hatten, und wir brauchten, wie üblich, Mitfahrgelegenheiten. Innerhalb einer Familie hat man ja vieles gemeinsam: Ähnlichkeiten im Aussehen und im Charakter, Krankheiten und Macken, in unserer Familie aber war das Eklatanteste unser gestörtes Verhältnis zum Auto. Ich habe den Führerschein sowieso nie gemacht, die anderen drei zwar schon, aber Zelig wurde er sofort wieder abgenommen, und die beiden anderen fahren nicht. Die Mutter behauptete, ihre Blockade komme daher, dass sie einmal während einer Fahrstunde beinahe ein Mädchen überfahren hätte, und über manches komme man eben nie hinweg. Ich traute der menschlichen Spezies generell nicht, weshalb ich es für Zeitverschwendung hielt, selber tadellos fahren zu lernen, wenn ich nachher völlig unverschuldet in Unfälle verwickelt würde.

Zelig hatte mit genau achtzehn die Fahrprüfung gemacht und hatte es fertiggebracht, innerhalb eines Monats beide Flanken des Autos zu zerschrammen, einen Außenspiegel zu zertrümmern und am Ende einen Frontalzusammenstoß zu bauen, woraufhin er den Führerschein wieder los war.

Auch Candide war ein paarmal gefahren, hatte das Autofahren aber sehr rasch ohne irgendeinen erkennbaren Grund wieder eingestellt. Wahrscheinlich spürte er die Last des Erbes, das er trug, und hatte nicht den Mut, das Schicksal herauszufordern.

Wir mussten also ständig irgendwohin mitgenommen

werden, behalfen uns aber auch mit Trampen (anachronistisch und mit den Jahren auch ein bisschen peinlich) und mit Busfahren. Die einzige Form von Geduld, die wir je aufbringen konnten, ist vielleicht das Warten darauf, dass uns irgendjemand mitnimmt; wir stehen an der Straße und warten mit einer Ergebenheit, die der Weisheit schon recht nahe kommt.

An Nanas Sterbetag aber hagelte es nur so von Angeboten. Nie war es so einfach gewesen, kein Autofahrer zu sein.

Gegen neun Uhr abends saßen wir am Tisch und hatten keine Lust, fürs Abendessen aufzudecken, denn die Leere am Kopfende machte uns zu schaffen. Gekocht wurde nicht, wir aßen, was der Kühlschrank hergab, und der Tisch war übersät mit Papieren. Mit aller Pedanterie, deren sie fähig war, stellte die Mutter die Unterlagen zusammen, die es brauchte, ja sie bedachte sogar die logische Abfolge und nahm sie vorweg. Ich hatte das deutliche Gefühl, dass ich innerhalb weniger Jahre genauso werden würde.

Trotz Unwägbarkeiten in letzter Minute war alles bereit, nur dass Nana nun tot war, aber diesen Umstand vermieden wir peinlichst, denn wir konnten miteinander nur über Probleme sprechen, die lösbar waren; alles andere machte jeder mit sich allein aus.

Die Abfahrt war für den nächsten Abend um zwanzig Uhr festgelegt, aber der arbeitslose Knabe sollte Nana schon am frühen Nachmittag abholen und ins Bestattungsinstitut bringen.

Es sah so aus, als sei jetzt alles geregelt und in Ordnung: Es war Dienstag, und die Beerdigung war erst am Freitag. Es konnte klappen. Ja, das war zu schaffen.

Wir gingen früh schlafen, Schlaf brauchten wir, denn es lagen endlose Tage und unzählige Kilometer vor uns. Nur Candide irrte noch durchs Haus, schaltete Lampen ein und aus, öffnete Türen, Schränke, suchte irgendwas. Nach unbestimmter Zeit zwischen Wachen und Schlafen merkte ich, dass er zu mir ins Zimmer gekommen war und in der unteren Schrankschublade wühlte; schließlich nahm er etwas Kleines heraus. Dann ging er endlich schlafen. Ich überließ mich der Trägheit der Juninacht, meine Muskeln entspannten sich, das Kinn sank herab, das Pochen in den Schläfen ließ nach, und ich spürte eine Wärme, die sich über den Rücken abwärts ausbreitete wie eine Spannungsentladung entlang der Wirbelsäule. Einen Moment lang hatte ich das Gefühl, als löse sich der Schmerz im linken Bein, den ich seit Monaten hatte, einfach auf und ließe mich frei.

Der Gedanke, dass jenseits der Wand, an die ich die Stirn drückte, die Nana lag, beruhigte mich: Solange sie da war, fühlte ich mich nicht verloren. Die glücklichsten Momente meines Lebens waren immer die gewesen, wenn verloren Geglaubtes zu mir zurückkehrte.

Ich wünschte, es würde niemals Tag werden. Von mir aus hätte die Nacht sich wenigstens so lang hinziehen können, bis ich bereit war, alles, was mir aus den Händen glitt, auch wirklich loszulassen.

Aber der Tag kam früher als erwartet, und ich fand

mich mit der Empfindung äußerster Unwirklichkeit wieder im Hauptbahnhof Milano Centrale.

Auf einer Bank sitzend, sah ich mich verschreckt um und erinnerte mich nicht, wie ich hierhergekommen, wann ich aufgewacht war, wie ich mich angezogen, wo ich die Fahrkarte gekauft hatte. Hatte ich den Verstand verloren? Oder träumte ich? Wie betrunken taumelte ich in die Bahnhofsbar und trank einen doppelten Espresso, bei dem sich mir der Magen verkrampfte und der Blick vernebelte. Ich stürzte aus der Bar und die Treppe hinunter, um so schnell wie möglich ins Freie zu kommen und vor der unerträglichen Automatenstimme zu fliehen, die mir mit Gleis-, Zeit- und Ortsansagen den Schädel aufmeißelte. Der Zug nach La Spezia wurde angekündigt, und dieser Name verschaffte mir eine vorübergehende Erleichterung, denn er erinnerte mich an eine schöne Palmenallee, und ich fragte mich, ob es wohl irgendwo einen Ort gab, an dem Verluste leichter zu ertragen wären.

Ich trat auf die Piazza Duca D'Aosta hinaus. In dem Smogbrei, der hier als Himmel ausgegeben wird, war die Sonne unsichtbar, vom Asphalt aber stieg eine feuchte Hitze auf und klebte sofort an mir wie ein erdrückend enges Korsett. Vielleicht war es auch nur meine schweißfeuchte Kleidung. Das Konsulat war hier irgendwo in der Nähe, den Straßennamen hatte ich vergessen, aber den Weg hätte ich blind gefunden. Ich wartete auf das Umspringen der Ampel, während vor mir die hitzeflirrende Silhouette einer Trambahn auftauchte. Unversehens kam mir Nanas Heimatdörfchen in den Sinn, an das ich nur eine vage Erinnerung hatte: ein Dutzend Häuschen, weit verstreut in einem kargen und engen Tal. Sie aber liebte diesen Ort so sehr, dass sie ihn als das wunderbarste Dorf der Welt beschrieb. Ich weiß noch, wie enttäuscht ich war, als ich es das erste Mal zu Gesicht bekam, denn die Realität konnte mit meiner Vorstellung oder ihrer Beschreibung nicht annähernd Schritt halten. An einem lauen Tag im Mai war sie mit mir dort gewesen, vor mehr als zwei Jahrzehnten; wir waren mit einem klapprigen, sozialismusfarbenen Bus gefahren und waren irgendwo an einer ungeteerten Straße ausgestiegen. Mich fest an der Hand haltend, stieg sie mit mir einen fürchterlich steilen Schotterweg hinauf; unsere Sandalen rutschten auf den weißen Kieseln aus, und ich wäre mehrmals hingefallen, hätte sie mich nicht immer wieder aufgefangen. Die abgeschnittene Jeans, die ich trug, war hauteng und rieb mir die Innenseite der Oberschenkel auf; alle Verrenkungen konnten das Brennen nicht lindern. Sie wies mich auf alles Mögliche hin, was auf unserem Weg lag, und erzählte eine Geschichte dazu; ich liebte ihre Geschichten, die voller Wunder waren, lebendig und bunt und magisch.

»Aber Nana, das ist ja scheußlich hier!«, sagte die Kinderstimme in meinem Kopf.

»*Tobe ja Rabbi!*«

»Scheußlich! Ich will heim zur Mama!«

»Ich hätte dich für intelligenter gehalten!«, sagte sie streng und setzte sich auf einen Stein, um zu verschnaufen, während ich sie missmutig und beleidigt anstarrte.

»Und schau mich nicht so verkniffen an, du siehst aus wie eine Betschwester!«

»Du hast gesagt, es ist wunderschön und gefällt mir bestimmt!«, beharrte die trotzige Stimme.

»Ja, weil ich dich für klüger gehalten habe. Ich dachte, du verstehst, dass nur das, was man wirklich liebt, Übertreibung und Ausschmückung verdient.«

Ich sah mich in den Fensterscheiben eines vorüberfahrenden Busses, und meine gespiegelte Silhouette überlagerte die realen Passagiere hinter den Scheiben. Ich nahm den Asphalt unter meinen Füßen wahr und fragte mich, was zum Teufel ich hier tat, wieso ich überhaupt hier war, wie es so weit gekommen war. Wie hatte ich mich dem Griff von Nanas Hand vor siebenundzwanzig Jahren entwunden und diese vielen Orte, die vielen Jahre durchlaufen?

Ich spürte eine pulsierende Hitze, die sich von der Kopfmitte aus bis zur Stirn und zu den Schläfen ausbreitete, ich dachte an die riesigen Kühe in Nanas Heimatdorf, die ich heimlich, mit aufgerissenen Augen, durch die Bretterwand ihres Verschlags beobachtet hatte, weil ich überzeugt war, sie gäben Schokomilch, wenn ich nur geduldig genug darauf wartete, und bei der Erinnerung stiegen mir die Tränen in die Augen, und drohten überzulaufen. Hatte Nana solche Fantasien befördert? Als ich dort im Stallmist hockte und mir ausmalte, wie aus dem Kuheuter schokobraune Milch floss, das war womöglich der Moment, in dem ich entschied, dass meine Fantasie die Wirklichkeit beeinflussen könne.

Ich sah die Welt, wie ich sie sehen wollte, und entsprechend zahlreich waren die Enttäuschungen. Zum Beispiel als ich zum ersten Mal verliebt war und er *Andiamo!*, sagte, »Gehen wir!«, ich aber *Ti amo* verstand, »Ich liebe dich«, und»Ich dich auch« antwortete. Woraufhin er mich verblüfft anstarrte und gar nicht verstand, was ich meinte: Es war das erste einer Serie von Missverständnissen, mit denen wir uns gut zwei Jahre lang herumschlugen.

Ich sah die Nana zu Füßen dieser Zusammenballung aus Häusern und Ställen, die sich Slatina nannte, auf ihrem Stein sitzen. Ich sah ihr Kleid vor mir, blau mit weißen Punkten, ihre braunen Sandalen, ihre fülligen Arme und die Schweißtröpfchen, die den Hals entlang in ihren sommersprossigen Ausschnitt rannen, und dachte, wie jung sie noch war – bis mir wieder einfiel, dass ich sie damals uralt gefunden hatte.

Die Ampel sprang um, ich überquerte die Straße, bog um mehrere Ecken und stand schließlich vor dem Konsulat. Ich stieg die Stufen hinauf, läutete, drinnen drückte jemand auf den Türöffner und ließ mich ein. Rund ein Dutzend bosnischer Staatsangehöriger füllte Formulare aus, eine Frau löcherte die Konsulatsmitarbeiterin mit unmöglichen Fragen, und die war nahe daran, die Geduld zu verlieren, was mich augenblicklich alarmierte: Wenn man den Leuten mit abwegigen Forderungen auf die Nerven geht, besteht die Gefahr, dass sie nachher sogar völlig legitime Gesuche ablehnen. Ich stürzte mich sofort auf den Kollegen der Frau, der entspannter zu sein schien, und erklärte ihm die Lage; er stand auf, richtete sich zu seiner ganzen übertriebenen Höhe auf, ging ins Nebenzimmer und kam kurze Zeit später mit einigen Papieren wieder.

»Bitte sehr«, sagte er. »Der Pass für die Verstorbene ...«

Er blätterte mir sämtliche Dokumente hin, klebte zwei Stempelmarken darauf, überreichte mir den Packen und schüttelte mir noch die Hand, um sein Beileid zu bekunden. Ich dankte ihm verblüfft, und als ich mich umdrehte, sah ich mich umringt von freundlichen, mitfühlenden Gesichtern. Alle hatten meine Geschichte mitgehört und nahmen mit betrübten und zugleich verständnisvollen Mienen Anteil an meinem Schmerz, während ich an ihnen vorbei zur Tür ging. Überrascht und verlegen, dankte ich mehr schlecht als recht und schloss rasch die Tür hinter mir.

Ein Blick auf die Uhr zeigte mir, dass es erst halb elf war. Wenn ich in einem Amt oder einem Krankenhaus ebenso schnell wie anstandslos, ohne kafkaeske Hürden überwinden zu müssen, alles bekam, was ich brauchte, war ich jedes Mal aufs Neue mit Staunen und Zuversicht erfüllt.

Um Viertel nach elf saß ich schon wieder im Zug. Beim Gedanken an die Züge, Busse und Kilometer, die mich während der nächsten vierundzwanzig Stunden erwarteten, wurde mir fast schlecht. Einen Tod so zu erleben, zwischen Zügen, Telefonaten und Bürokratie, kam mir völlig unnatürlich vor. Ich hätte zu Hause sein, hätte zusammengerollt auf dem Bett liegen und an Nana denken wollen, um mir von ihrer Spur in meinem Leben so viel wie möglich einzuprägen, ehe der Zahn der Zeit die Erinnerung zerfraß und alles leichter und erträglicher machte. Den Trostspruch von der Zeit, die alle Wunden heilt, konnte ich nicht ausstehen und hätte am liebsten jedes Mal schreiend erwidert: »Aber ich will doch überhaupt nicht, dass sie heilen!«

Ich verabscheute diesen Sprint in die Zukunft, der heilenden Zeit hinterher. Warum will denn niemand reglos in dem, was gerade passiert, ausharren, in der Untröstlichkeit?

Im Zug funktionierte die Klimaanlage nicht, das heißt, sie lief dermaßen auf Hochtouren, dass aus dem Sommer ein sibirischer Winter wurde. Die Züge haben ihre eigenen Jahreszeiten, und ich hatte fast nie die passende Kleidung an.

Es kam eine Kürzestnachricht der Mutter: »Hast du alles?«

Ich antwortete: »Ja, bin auf dem Rückweg.«

Es klang wie eine Kommunikation zwischen zwei Waffenhändlern.

Ich zog mein Tuch aus der Tasche, wickelte mich darin ein und suchte nach der besten Position, um zusammengekauert eine gewisse Restwärme zu wahren und wenigstens ein Stündchen zu schlafen. Draußen vor dem Fenster zogen sonnengelbe Getreidefelder vorbei, und mir ging ein dämlicher Schlager durch den Kopf, der Jahrzehnte alt war – irgendwas vom weizenblonden Haar der echten Jugoslawin. Nana hatte ihn gern gesungen, wenn sie mich morgens vor der Schule frisierte. Ein Gedächtnissprung katapultierte meine Erinnerung weiter zu diesem Ritual, mit dem sie mich – unumstößliche Regel – Jahr für Jahr am ersten Schultag verabschiedete: In einem ihrer langen pastellfarbenen Gewänder stand sie winkend in der Haustür, und während ich mit meinem orangegelben Schulranzen davonging, schüttete sie mir einen Schwall Wasser aus einem Glas hinterher und rief mir nach: »Möge alles fließen wie Wasser!«

Es war mir, als sei es gestern gewesen, so lebendig war das Bild. Tatsächlich hielt sie eisern an ihrem Ritual fest, auch in den höheren Klassen und sogar, als ich schon studierte: Sie rief mich aus Bosnien an und teilte mir mit, dass sie die Absicht habe, vor der Haustür ein Glas Wasser für mich auszuleeren; ich müsse ihr also sagen, wann genau ich aus dem Haus gehen wollte, denn ihre wundertätigen Kräfte folgten einer zeitlichen Logik. Bei jeder Arbeitsstelle, die ich später antrat, egal wo, goss sie am Beginn des ersten Arbeitstags Wasser aus und sagte ihren Spruch, und immer klappte es: Immer lief es wie geschmiert. Wie würde es in Zukunft sein, ohne ihr Ritual – würde je wieder irgendwas fließen wie Wasser?

Zelig zufolge zog Nana ihr Ritual nicht unseretwegen durch, sondern zu ihrem eigenen Vergnügen: Bei so und so vielen Kindern, Enkeln, Freunden verging ihr die Zeit mit Telefonaten und Wasserwürfen; sie war ein wandelnder Glücksbringer mit rundlichen Formen, munteren Äuglein, und einem Lächeln, das sich immer über alles lustig machte.

Jede Erinnerung öffnete einer weiteren die Tür, und an ihr und ihrer bizarren Art, jeden Vorfall auf den Kopf zu stellen, hätten wir die gesamte Familiengeschichte nacherzählen können. Aus Mücken machte sie Elefanten, und echte Dramen wurden zu lächerlichen Angelegenheiten, um besser damit umgehen zu können. Sie weinte, wenn es keinen Anlass für Tränen gab, und wenn das Leben sie prügelte, geriet sie in Fahrt. Irgendwie war sie die personifizierte Tragikomödie.

Ich stieg aus dem Zug und machte mich auf den Weg zum Bestattungsunternehmer; zu Fuß waren es nur ein paar Kilometer – kein Grund, jemanden für Chauffeurdienste zu bemühen.

In solchen Momenten hatte mir das Gehen schon immer geholfen, es lüftete mir das Hirn, bis nicht der Schatten einer Sorge mehr übrig war. Seit Monaten tat ich nichts anderes, aber immer mit dem seltsamen Gefühl, als stecke mir eine Nadel im linken Oberschenkel; es war ein dumpfer Schmerz, der immer stärker wurde, bis er irgendwann unerklärlicherweise angenehm war.

Ich kam zum Gartentor, das nur angelehnt war und sich mühelos aufschieben ließ. Ich trat in den Garten. Vor dem Haus fand ich Candide auf einer Bank sitzen. Er deutete nur stumm mit dem Daumen auf die Tür, wie um zu sagen, dass sie dort drin seien. Ich nickte, konnte mich aber nicht entschließen, sondern trat eine ganze Weile von einem Fuß auf den anderen und zerbrach mir den Kopf nach einer Ausrede, um nicht ins Haus zu müssen. Ich fühlte mich erbärmlich – ähnlich wie diese Romanfigur von Camus, die zu müde ist, um zur Beerdigung der eigenen Mutter zu gehen. Irgendwann aber konnte ich dieses unangenehme Gefühl endlich abschütteln und zwang mich, ins Haus zu treten. Angesichts des Labyrinths der Korridore, das mich empfing, verwarf ich von vornherein jeden Versuch, mich zurechtzufinden, sondern folgte ferngesteuert wie im Traum dem Klang der Stimmen, unter denen ich die Mutter heraushörte. Ich kam zu einer Tür, öffnete sie und stand vor der Mutter, der Frau mit der müden Stimme, dem arbeitslosen Sohn und einer Verschleierten, die in gedämpftem Ton miteinander sprachen. Der Sohn, Giovanni, war ein kleiner, schmächtiger Knabe, allerdings hatte er schöne Augen mit leicht abwärts geneigten äußeren Augenwinkeln, was ihm etwas Trauriges und zugleich Faszinierendes verlieh. Seine Mutter war eine energische und lebhafte Person, das genaue Gegenteil dessen, was ihr Tonfall suggerierte.

Sie grüßten mich mit einem knappen Nicken und lauschten gleich wieder der verschleierten Dame, die eine einschmeichelnde Stimme hatte, als erzählte sie ein Märchen aus dem Morgenland; in Wirklichkeit erklärte sie gerade, auf welche Seite man einen Toten bettet.

»Halten Sie sich an meine Anweisungen, und es ist ganz leicht«, sagte sie abschließend, an die Mutter und mich gewandt, und ging zur Tür. Klein und rund wallte sie geschmeidig in ihrem langen dunkelblauen Gewand durch den Flur. Wir folgten ihr.

Wir betraten einen kahlen, kalten, von grellen Neonlampen taghell erleuchteten Raum. Die tote Nana lag auf einer Marmorplatte. Sonst war der Raum leer: nichts außer der Platte und Nana, die noch so gekleidet war wie am Morgen zuvor.

Die Wände waren hoch und die Decke fern in diesem Raum, in dem unsere Stimmen hallten und eine Leiche lag, kalt und hart wie das Material, das sie trug.

Die Dame, Hakima hieß sie, reichte uns Handschuhe, und wir begannen Nana zu entkleiden. Das ging alles extrem langsam und mühsam vonstatten, denn der Körper war steif und verweigerte die Mitarbeit. Binnen Minuten war ich schweißgebadet. Ich tat so wenig wie möglich, um keinen Fehler zu machen und den Zauber nicht zu zerstören. Als die Tote vollständig nackt war, breitete Hakima ein Leintuch über sie und begann mit beiden Händen leichten Druck auf den Magen und die Brust auszuüben.

»Falls Flüssigkeiten darin sind«, erklärte sie. »Auf diese Weise kommt alles heraus.« Wir nickten stumm und starrten wie hypnotisiert auf ihre Hände. Mir kam es so vor, als presste sie alles Restleben aus Nanas Körper heraus, wie um sie vollends sterben zu lassen.

Als Hakima fertig war, zog sie das Leintuch fort und reichte uns zwei Schwämme, und wir begannen mit der Waschung. Man musste es drei oder fünfmal tun, und die Mutter entschied sich für fünf Waschungen, denn drei, fand sie, wären so, als wollten wir die Aufgabe möglichst schnell hinter uns bringen, während fünf ein Beweis größerer Zuwendung und Liebe waren. Wir entschieden uns immer für die verschlungeneren Wege, denn Mühsal war eine Tugend, die wir mit größerer Freude praktizierten.

Die Aussicht darauf, mich mit einer nackten Leiche in einem anonymen, kalten Raum aufhalten zu müssen, hatte mich beunruhigt, doch mit jeder weiteren Waschung, bei der wir Hakimas Anweisungen folgten, wurde ich ruhiger, bis ich am Ende das Gefühl hatte, den Sinn dieses Brauchs verstanden zu haben. Ich weiß nicht, ob es die wohlklingende Stimme der Frau war, die bisweilen leise in einer mir unverständlichen Sprache (vielleicht Arabisch) vor sich hin sang, oder ob es einfach die Zeit war, die wir den sterblichen Überresten eines so sehr geliebten Menschen widmeten – jedenfalls begriff ich, dass ich genau dieses Ritual brauchte, um sie loslassen zu können: den Körperkontakt, den letzten Liebesdienst, eine Form von intimem Abschied. Die Fürsorge für eine Person, die meine Fürsorge nicht mehr schätzen konnte. Wenn ich je im Leben etwas Selbstloses getan habe, dann war es die Waschung von Nanas Leichnam.

Während ich mit dem Schwamm ihren linken Arm entlangfuhr, kam mir zu Bewusstsein, wie genau ich mich an den hellbraunen Fleck auf der Höhe des Ellenbogens und an die zwei großen Muttermale auf ihrer Brust erinnerte, und die Feststellung überraschte mich.

Ich fuhr ihr mit dem Schwamm über das Gesicht, von der Stirn abwärts über die geschlossenen Augen, die Wangen, das Kinn, den Hals. Wie deutlich mir ihr Blick in Erinnerung war, auch wenn ich ihn nie mehr sehen würde.

Trotz der Handschuhe spürte ich ihre kräftige Haut unter den Fingern.

»Bei der letzten Waschung nehmen wir jetzt Kampfer, das dient dem Wohlgeruch«, sagte die Frau mit der schmeichelnden Stimme.

Wir waren bei der fünften Waschung angelangt, und ich merkte, dass ich immer weitermachen wollte. »Herrgott, Lania, wie krank ist das denn? Willst du für den Rest deines Lebens Leichen waschen?«, fragte der gesunde Teil in mir. Nein, ganz bestimmt nicht; ich wusste nur nicht, wie ich wieder aufhören sollte.

Scharf und beißend breitete sich der Kampfergeruch aus, stach mir in die Nase, benebelte mein Gehirn. Ich fuhr mit dem kampfergetränkten Schwamm Nanas Beine entlang und hätte vielleicht ewig weitergewaschen, wäre nicht Hakima zu mir getreten und hätte ihn mir behutsam aus der Hand genommen. Ich sah sie verwirrt an, aber sie lächelte nur und strich mir über die Wange. Dann ging sie aus dem Raum. Die Mutter stand reglos, mit beiden Händen auf die Marmorplatte gestützt, auf der Nana lag, und starrte auf etwas, was nicht mehr war.

Hakima kam mit fünf weißen Tüchern zurück. Wir begannen Nana darin Schicht für Schicht einzuhüllen, so behutsam, als packten wir ein kostbares Gut für den Transport ein, damit es nur ja heil ankäme. Schließlich war sie vollständig mit dem weichen, leuchtend weißen Stoff bedeckt; nur das Gesicht war noch frei. Ich musste daran denken, wie sie, lebendig und energisch, mit flinken, wissenden Händen den neugeborenen Zelig gewickelt hatte. Sie nimmt ihn auf den Arm, legt ihn auf den Esstisch im Wohnzimmer und binnen Sekunden sind seine strampelnden Beinchen und fuchtelnden Ärmchen in dem weißen Tuch gefangen, und sie nimmt ihn wieder auf den Arm und zeigt stolz ein Bündel, aus dem oben ein winziges Gesicht herausschaut, das zu erstaunt ist, um zu weinen.

»Nana! Er erstickt doch!«, schreie ich und schubse sie.

»Du lebst auch noch, scheint mir!«, sagt sie kurz angebunden und ignoriert meine Tritte gegen ihr Schienbein.

Und jetzt ist sie selbst ein Bündel wie ein Wickelkind.

Hakima nahm ein Tuch und breitete es über Nanas Gesicht. Augenblicklich griffen die Mutter und ich danach und hoben es wieder hoch, wie aus einem Reflex heraus, sahen sie an, sahen einander an – und ließen das Tuch wieder fallen. Es breitete sich über die Stirn, die Nase, die Augen, und es nahm die Form von Nanas Gesicht an; dieses Tuch ließ sie vor unseren Augen verschwinden.

Hakima, die Frau, die noch vor ein paar Stunden eine vollkommen Fremde gewesen war und mir jetzt wie die liebste Person auf Erden vorkam, umarmte uns und sagte: »Sie ist im Frieden gegangen. Für den wahren Gläubigen ist es immer sehr wichtig, dass man von wahren Gläubigen auf die Reise vorbereitet wird, und ich bin froh, dass ich es mit euch getan habe.«

Scheiße, dachte ich. Die Mutter durchbohrte mich mit dem Blick, und ich sah, dass sie dasselbe dachte.

»Muss man ein wahrer Gläubiger sein, um den Leichnam zu präparieren?«, fragte die Mutter zaghaft.

»Sicher ist das besser. Der Koran sagt ...«

Wir hörten nicht mehr zu. Nicht einmal das hatten wir richtig gemacht. Konnte nichts so laufen, wie es laufen sollte? Warum blieb alles, was mit uns in Berührung kam, immer nur halb erledigt?

Die Mutter ging mit Hakima, ich trat vors Haus.

»Fertig?«, fragte Candide mit ungewohnter Verlegenheit und flackerndem Blick.

»Ja, fertig schon, aber wir haben es nicht richtig hingekriegt, wie immer...« Ich erklärte ihm, wie wichtig der Glaube bei einer Totenwaschung sei.

»Ist doch Blödsinn. Wenn es irgendeinen Gott gibt, wird er sich bestimmt nicht mit solchem Kleinkram aufhalten.«

»Meinst du?«

»Weiß ich nicht. Aber wenn ich Gott wäre, würde ich mich mit Wichtigerem beschäftigen.«

»Hoffentlich, denn bis jetzt haben wir noch überhaupt nichts so hingekriegt wie...«

»Und überhaupt – sagst du nicht immer, du bist Atheistin und brauchst keinen Trost zum Leben? Muss dir nur jemand das Gefühl geben, dass du was falsch machst, und schon wirst du gläubig?«

»Nicht meinetwegen, sondern wegen Nana. Schließlich soll sie ein religiöses Begräbnis bekommen, und da wär's doch absurd, alles zu ruinieren, nur weil wir nicht gläubig sind...«

»Keine Sorge. Wenn es einen Gott gibt, verzeiht er dir.«

»Meinst du?«

»Natürlich, schließlich weißt du nicht, was du tust, und bist folglich unschuldig. Das Tor zum Paradies steht dir offen.«

»Geh, du kannst mich mal.«

Mit finsterer Miene kam die Mutter aus dem Haus.

»Was schreit ihr hier draußen herum? Wenn ihr's noch nicht kapiert habt – *ich* bin dabei, meine Mutter zu begraben!«, fauchte sie und kehrte ins Haus zurück. Das musste sie zwei herzlosen Stoffeln wie uns natürlich extra unter die Nase reiben, um sich selber als die einzige Trauernde darzustellen. Aber ich kannte sie, ich wusste, dass es in Wahrheit ein Hilferuf war. Die erstaunlich verbreitete Ansicht, das größte Unverständnis herrsche zwischen den Menschen, die einander am besten kennen, kann ich nicht bestätigen. Im Gegenteil, oft versteht man einander sogar zu gut, dabei hat man gar nicht immer Lust, verstanden zu werden. Es ist nicht angenehm, wenn der andere einem vom Gesicht ablesen oder allein aus dem Tonfall schließen kann, was man sagen will.

Deshalb hatte ich nicht mehr die geringste Lust auf diese Reise mit Candide und Zelig; ich müsste andauernd auf der Hut sein, um ihnen keinen Anlass zu geben, mich zu kritisieren und mein mühsam rekonstruiertes Selbstbild auseinanderzunehmen. Schlimmer, ich müsste jede Kritik schlucken, um nur ja nicht abweisend zu erscheinen, um nur ja nicht das Image der immerfort Verständnisvollen einzubüßen und als das entlarvt zu werden, was ich bin.

»Und übrigens«, griff Candide wieder an, »reitest du ständig drauf rum, wie offen du bist und wie erpicht drauf, dich zu finden, aber kaum sag ich dir mal was völlig Vernünftiges, bist du beleidigt!«

»Sag mal, was ist denn? Soll ich dir mal was völlig Vernünftiges über *dich* sagen?«

»Ja, ich kann's gar nicht erwarten!«

»Ich mag aber nicht. Du bist beschränkt und steckst voller Vorurteile, und es ist sinnlos, mit dir überhaupt zu reden.«

»Na klar, weil du's mit mir nicht aufnehmen kannst. Vernunft ist nicht dein Ding, du bist viel zu emotional, und das leugnest du auch noch, das heißt, du bist überhaupt eine einzige Verneinung. Ist das nicht sinnlos?«

»Doch. Du hast recht.«

»Spiel jetzt bloß nicht die Überlegene mit diesem Tonfall, als wärst du total geradlinig und hättest alles im Griff. Was soll's, du spielst doch in derselben Liga wie ich. Lass den Balkan in dir raus!«

»Das meinst du ernst? Das mit dem Balkan? Hier, vor einem Bestattungsinstitut, wo wir gleich aufbrechen, um Nana zu beerdigen?«

»Klar, ist doch die beste Zeit! Hör auf zu lügen, tu nicht so, als wärst du jemand, der du nicht bist. Hör auf, das brave Mädchen zu spielen, die Klassenbeste, die perfekte Tochter, die Beziehungsexpertin. Wenn das eine Strategie fürs Leben war, dann ist sie gescheitert, das musst du doch einsehen.«

In meinen Schläfen pochte es wie verrückt, ich schwitzte und hatte das Gefühl zu knurren, ja ich spürte regelrecht, wie ich die Zähne fletschte. Das Wort »scheitern« hallte unerbittlich in meinem Kopf.

»Du!«, schrie ich und stürzte mich auf ihn und kratzte und trat ihn. Dass er lachte und sich anscheinend köstlich amüsierte, während er mir die Hände festhielt und meinen Ausbruch ins Leere laufen ließ, steigerte meinen Zorn ins Maßlose. Deswegen kann ich Wut nicht ausstehen: Ich kann nicht mit ihr umgehen, früher oder später werde ich zum rasenden Tier, das die Krallen ausfährt. Und nebenbei war es noch nie eine gute Idee, den Balkan in mir hervorzulocken.

Einen Moment lang stand ich tatsächlich neben, oder eher über mir und sah mich von oben: eine zweiunddreißigjährige Frau vor einem Schlachtschiff des Bestattungswesens, die sich einen Tobsuchtsanfall leistet und einem belustigten jungen Mann die Augen auszukratzen versucht. Zwei nutzlose Staubkörner auf der Erdkruste. Unter Aufbietung meiner gesamten Kraft befreite ich mich aus seinem Griff und setzte mich auf die Bank.

Er drehte sich grinsend eine Zigarette.

»Du musst lernen, mit Wut umzugehen, Frau! Ich hab keine Ahnung, was du mir eigentlich sagen wolltest.«

Mit zitternden Händen drehte ich mir ebenfalls eine Zigarette und bemühte mich, tief zu atmen, um ruhig zu werden. Allein der Klang des Wortes »scheitern« löste meine tausend Entspannungstechniken in Rauch auf – die Jahre, in denen ich um Konzentration und inneren Frieden gerungen hatte, waren vergeudet.

»Also gut. Du weißt ja sowieso immer alles, lieber Herr Beinahedoktor ... Beinahe stimmt doch, oder?«

»Ja, sicher, wieso denn?«

»Na weil du doch immer behauptest, du seist ein Genie und die personifizierte Authentizität, der Mann mit der perfekten Strategie, oder? Deine Prüfungen hast du mit links gemacht, ohne wirklich zu pauken, sozusagen dank göttlicher Eingebung, oder? Du bist kein Streber wie ich, du bist einer, der links außen überholt und sich Anatomie I, Histologie und andere schwere Brocken im Schlaf einverleibt, stimmt's?«

»Ja, und was ist damit?«

»Nichts, mir ist nur eines nicht klar ... zwei Prüfungen fehlen dir noch bis zum Examen, oder?«

»Ja ...«, antwortete er zögernd, denn inzwischen war ihm klar, dass ich Bescheid wusste. Er starrte mich mit seinem flackernden Blick an, und ich blickte mit belustigter Herausforderung zurück, wie jemand, der ein Ass in der Hinterhand hat und die Vorfreude genießt. Endlich. Verletzter Stolz erzeugt eine Menge Bosheit. Wie gesagt, den Balkan in mir herauszulocken ist riskant – für uns ist Rache für verletzten Stolz seit Jahrhunderten ein Heimspiel.

»Es ist wirklich komisch, aber ausgerechnet gestern – sorry für den Verstoß gegen den Datenschutz, aber du hast leider einen Chat offen gelassen – ausgerechnet gestern hab ich gelesen, dass du in den letzten sechs Jahren nur zwei Prüfungen gemacht hast, und da dachte ich, schreckliches Missverständnis – wir haben uns eingebildet, du hast nur noch zwei Prüfungen vor dir und bist in ein paar Monaten fertig, während du nur zwei auf der *Habenseite* hast. Tja! Mehr als zwei Prüfungen in sechs Jahren ist ja auch echt zu viel verlangt, oder?«

»Red leise«, flüsterte er.

»Ist das die einzige logische Argumentation, die dir

einfällt? Hör bloß auf mit deinem Theater! Das ist eine Strategie, die zu nichts führt! Das muss dir doch klar sein?«

»Das ist jetzt nicht der richtige Zeitpunkt, um es der Mutter zu erzählen, wir fahren gleich los zur Beerdigung...«

»Hast du nicht vorhin selber gesagt, dass jetzt der richtige Zeitpunkt sei?«, fragte ich hinterhältig.

Die Mutter riss die Tür auf. Candide machte vor Schreck einen Satz rückwärts. Sie musterte uns finster.

»Da, nimm deinen Rucksack«, sagte sie zu mir und warf ihn mir hin.

»Es ist nach vier. Wenn ihr nicht bald in die Gänge kommt, verpasst ihr den Zug...« Sie erging sich in den immer gleichen Prophezeiungen über verpasste Anschlüsse, Züge, Autobusse, aber wir hörten nicht zu.

Ich schulterte den Rucksack, Candide ebenfalls.

»Na gut, gehen wir«, sagte ich kalt in dieser Abschieds-, nein Trennungsstimmung, die mir jedes Mal auf Neue Beklemmungen verursachte.

»Wir telefonieren«, antwortete sie ebenso eisig und kehrte ins Haus zurück.

Stumm machten wir uns auf den Weg zum Bahnhof. Die Straße lag schon im Schatten, aber unter dem Rucksack war ich schweißnass. Immer wieder Rucksäcke, immer wieder Fußmärsche und Schweiß. Auf einmal fing ich zu lachen an und konnte nicht mehr aufhören.

»Hast du was geraucht? Hör zu, ich kann's nicht ertragen, wenn du rauchst und lachst wie ein Teenager. Ich

kann nicht mit dir verreisen, wenn du andauernd so däm-
lich lachst.«

»Ich habe nichts geraucht, mir ist nur eben was eingefallen ...«

»Was?«

»Nichts.«

»Wenn du geraucht hast und dir einbildest, du könntest
die ganze Fahrt über so bescheuert lachen, setze ich mich
in einen anderen Waggon.«

»Deine Sache.«

Ich dachte an einen Tag mit Nana am Meer. Gegen
elf Uhr hatten wir die Wohnung verlassen und wanderten unter der Julisonne. Sie hatte eine Tasche mit einem
Handtuch, einer Tube Sonnencreme und einem halben
Liter Mineralwasser dabei.

»Ah, Mädchen, was ist das für ein Leben, andauernd
schleppt man Taschen von hier nach dort.«

»Hast du denn nichts drin in der Tasche, Nana?«

»Doch. Trotzdem – ständig Taschen, Zeug, Besitz ...
Nie hat man seine Ruhe ...«

»Noch mehr Ruhe als jetzt? Wir gehen doch zum
Strand, um gar nichts zu tun, und du trägst nur ein Handtuch und eine Creme.«

»Das ist doch kein Leben ...«, wiederholte sie, fächelte
sich Luft zu, schnaubte, verzog verächtlich die Lippen,
wütend auf ein System, das uns zum Besitz zwang. Ein
paar Jahre später raubte uns ein grausames Schicksal unseren gesamten Besitz und wir standen mit einem Koffer
und einer unbrauchbaren Adresse auf der Straße.

»Auf Gleis 3 fährt ein der Frecciabianca 9737 nach Triest Hauptbahnhof. Bitte Vorsicht bei der Einfahrt.«

Nach viermaliger Ankündigung kam der Zug dann tatsächlich. Wir stiegen ein. Wir setzten uns einander gegenüber und wechselten kein Wort. Ich schaute aus dem Fenster, fühlte mich aber von Candide beobachtet. Jetzt, nachdem das Geheimnis keines mehr war, wollte er reden, ich aber nicht. Einerseits genoss ich die Süße der Rache, das Vergnügen, ihn schmoren zu sehen; andererseits wollte ich mich mit dem Thema nicht näher beschäftigen, um nicht zur Komplizin eines Lügengebäudes zu werden und dann selber verzweifelt einen Ausweg suchen zu müssen.

Dabei hatte ich, als ich tags zuvor das Malheur entdeckt hatte, es wirklich als Tragödie empfunden. Zu dem Zeitpunkt aber hatte Nana noch gelebt. Ihr Tod hatte die wahre Zahl der von meinem Bruder absolvierten Prüfungen irrelevant gemacht. Ich beobachtete sein Spiegelbild in der Fensterscheibe, und seine Jugend und die zwei abgelegten Prüfungen kamen mir auf einmal vor wie eine Hymne an das Leben. Ich betrachtete die noch zaghaft sprießenden rötlichen Barthaare und musste an seine vielen Fähigkeiten und Möglichkeiten denken. Dann würde er eben nicht im Herbst mit dem Studium fertig werden; na und?

Hinter dem Fenster glitten Industrielandschaften, Städtchen, Dörfchen, Städte vorbei, und ich dachte: »Ich bin also eine Versagerin.« Nein, das war keine Aussage, es war vor allem eine überraschte Frage. Eine Versagerin? Gescheitert im Vergleich zu dem, was ich einst hatte werden wollen? Wann – mit zehn, oder mit zwanzig? Mit zehn hatte ich mich als Friseurin geträumt, und mit zwanzig wäre ich gern Hannah Arendt gewesen. Mit siebzehn wollte ich in einer Rockband spielen, mit siebenundzwanzig ebenfalls, aber musikalisch habe ich es zeit meines Lebens zu nicht mehr als ein paar Tönen einer Sevdalinka auf der Mandoline gebracht.

So gesehen, kann man also wohl behaupten, dass ich in manchem gescheitert war. Ich war nie ich selbst geworden; zwar hatte ich mehrere Anläufe gemacht, aber nicht mit echter Überzeugung.

»Oh, wir sind schon da!«, rief Candide, packte seinen Rucksack und warf mir den meinen zu.

Wir stiegen aus.

Wir verließen den Bahnhof und steuerten den Busbahnhof an. Es war halb acht, auf den Häusern lag der rosafarbene Widerschein des Abends. Ich rief Zelig an. Seltsamerweise läutete es.

»Schwesterherz, ich hätte dich bald angerufen. Hatte hier etwas Chaos unterschiedlicher Art, das heißt, in ein paar Stunden bin ich in Ljubljana. Für euch ist es doch dasselbe, oder?«, stieß er hastig hervor.

»Eigentlich nicht. Das ist ein ziemlicher Umweg«, antwortete ich.

»Ich weiß nicht, was ich machen soll, ich hatte keine andere Möglichkeit, ich hätte sonst warten müssen ...« Sein Tonfall näherte sich der Hysterie.

»Ja, ja, schon recht. Wir fahren mit dem Bus nach

Ljubljana und warten dort am Bahnhof auf dich«, sagte ich resigniert. Offenbar lief überhaupt nichts wie geplant.

»Wir treffen Zelig nicht hier, sondern in Ljubljana«, teilte ich Candide mit.

»Dämlicher Sack!«, antwortete der. Der wechselseitige Respekt der beiden bewegte sich grundsätzlich auf dieser Ebene. »Da müssen wir ja völlig blödsinnig im Zickzack fahren.«

»Ja!«, rief ich und beschleunigte den Schritt.

»Hallo, wann geht der nächste Bus nach Ljubljana?«, fragte ich das riesenäugige Lockenköpfchen hinter der Glasscheibe des Fahrkartenschalters.

»In einer Viertelstunde...«

Ich bezahlte die Tickets und sammelte mühselig die kleinen Münzen ein, die klimpernd in die Schale für das Wechselgeld fielen und sofort festklebten.

»Seid ihr Slowenen?«, hörte ich es hinter mir fragen.

»Nein, Bosniaken«, antwortete Candide.

»Ich bin aus Belgrad«, hörte ich, noch mit dem Wechselgeld beschäftigt, den freudigen Ausruf in unserer Muttersprache und drehte mich um: An einem Laternenpfahl lehnte ein Mann um die fünfzig, ziemlich ungepflegt und in eine zu enge Jacke aus dünnem Stoff gezwängt. Er musterte uns herausfordernd.

»Ihr habt einen scheußlichen Akzent«, fuhr er fort, ohne sich zu rühren.

»Was soll das heißen, wir reden doch Italienisch«, mischte ich mich ein.

Er brach in Gelächter aus, und weil er dabei den Mund

aufriss, sah ich, dass ihm die oberen Schneidezähne fehlten.

»Sicher. Aber den Exilanten, die in die Heimat reisen, sage ich grundsätzlich, dass sie einen scheußlichen Akzent haben. Um sie zu demütigen. Klar?«

»Aha, sehr nett, was für ein Glück, dich zu treffen«, antwortete ich missmutig.

»Ich mach mir nur Luft. Ihr könnt tun, was euch einfällt, auch zurückkehren, während ich hier an der Grenze bleiben muss. Ich bin ein Schiffbrüchiger, klar?«

Na gut, angenehm, Herr Schiffbrüchiger, aber wir haben es eilig. Ich nickte flüchtig und versuchte währenddessen zu ergründen, wo unser Bus abfuhr. Er sah meinen suchenden Blick und wies wortlos auf eine Haltestelle.

»Danke«, sagte ich und wollte mir den Rucksack auf die Schultern hieven.

»Habt ihr einen italienischen Pass?«, fragte er.

»Ich schon«, antwortete ich.

»Ich nicht«, sagte Candide.

»Sondern?«, fragte er, und in seinen Blick trat ein Funkeln.

»Einen bosnischen.«

»Brauchbar?« Er verschränkte die Arme vor der Brust, sodass seine Bizepse die Ärmel zu sprengen drohten.

»Wie, brauchbar?«

»Darfst du aus Italien ausreisen? Bist du frei?«

»Na ja – frei nicht wirklich, aber in Verbindung mit der italienischen Aufenthaltserlaubnis ist es wohl ein Freiheitscocktail.«

»Ich habe einen Pass, der nichts wert ist, er ist abgelaufen«, erklärte er.

»Dann verlängere ihn halt«, schlug ich ihm vor.

»Du hast gut reden.«

»Nein, stell dir vor, ich hasse die Bürokratie ebenfalls, trotzdem brauchst du doch nur zum Konsulat zu gehen und ihn verlängern lassen.«

»Es gibt nur leider kein Konsulat. Klar?«

»Vielleicht nicht hier in Triest, aber in Mailand gibt es eines, glaube ich, nein, ganz bestimmt gibt es dort eines.«

»Mein Pass ist abgelaufen, genau wie das Land, aus dem ich komme.« Es hörte sich an wie eine auswendig gelernte Formel, die er schon unzählige Male heruntergebetet hatte: nach dem selbstgefälligen Lächeln zu urteilen, mit dem er sie aufsagte, sogar mit Erfolg.

»Serbien existiert doch. Und wie.«

»Ja, Serbien schon, aber nicht Jugoslawien.«

»Hast du einen jugoslawischen Pass?«

»Gut erkannt.«

»Ah, dann ist er aber schon ganz schön lange abgelaufen«, bemerkte Candide.

»Er war zehn Jahre gültig, aber ich habe nicht mitgezählt, ich war damit beschäftigt, Arbeit zu suchen, zu überleben. Zehn Jahre sind lang, scheinen einem eine Ewigkeit. Aber dann sind sie schneller vorbei, als man schauen kann, und mit dem Land ist es auch vorbei. Ich hatte einen Nervenzusammenbruch. Nein, nicht weil es mit dem Land vorbei war, oder vielleicht auch ein bisschen. Auch nicht, weil so viel Zeit vergangen ist, oder vielleicht ein bisschen auch deswegen. Hauptsächlich hatte ich einen Nervenzusammenbruch, weil meine Frau gestorben ist...«

»Im Krieg?«, fragte ich.

»Nein, nein, nicht im Krieg, aber ist das etwa weniger schlimm? Wenn unsereiner von einem Herzinfarkt dahingerafft wird, kräht kein Hahn danach, bei uns, die wir von dort kommen, muss es schon mindestens ein Heckenschütze sein, oder... Aber nein, sorry, meine Frau ist einfach an einem Herzinfarkt gestorben, ich hatte einen Nervenzusammenbruch, konnte nicht mehr arbeiten und habe nicht dran gedacht, wann mein Pass abläuft. Das habe ich denen auf der Polizei zu erklären versucht, genauso wie ich es jetzt euch erkläre, aber sie haben mir einen Ausreisebefehl gegeben. Und ich: Wohin soll ich denn ausreisen? Ich wüsste nicht, wohin. Und sie: zu dir nach Hause. Ich habe kein Zuhause mehr, würde ich etwa um eine Aufenthaltserlaubnis ansuchen, wenn ich ein Zuhause hätte? Hätte ich eines, würde ich nach Hause fahren. Hab ich aber nicht. Und ich darf mich hier nicht mal aufhalten. Deshalb muss ich an der Grenze bleiben, mich verhalten, als wäre ich nicht da, weder hier noch dort... Keine Sorge, ihr verpasst den Bus nicht, wir sehen ihn, wenn er dort hinten in der Kurve auftaucht...«

»Ist es wirklich nicht möglich, sich einen neuen Pass ausstellen zu lassen? Keinen jugoslawischen, aber einen serbischen vielleicht... Ich bin schließlich auch als Jugoslawin geboren, aber dann bin ich eben Bosnierin geworden, schlimm, ich weiß schon, aber es bleibt einem ja nichts anderes übrig...«

»Natürlich geht das, deswegen bin ich ja hier«, sagte er und nickte. Mir war inzwischen klar geworden, dass nicht die Jacke zu eng war: Er war einfach zu dick.

Candide und ich sahen ihn erwartungsvoll an, aber er schien inzwischen entschlossen, dieses Geheimnis für sich zu behalten. Ich wiederum fand, dass ich auf den Behördenärger eines geschwätzigen Serben an einem Laternenpfahl des Triester Busbahnhofs verzichten konnte, und griff wieder nach meinem Rucksack, aber er brauchte ein Publikum.

»Ich bin hier, weil ich auf meinen Freund Srećko warte. Nein, nein, das ist kein Spitzname, den ich ihm aus Aberglauben gegeben habe ...«

Candide warf mir einen verständnislosen Blick zu.

»Srećko heißt ›Glückspilz‹«, half ich ihm auf die Sprünge.

»Srećko ist nicht nur ein Freund, er war viel mehr, er war mein Agent. Wir waren miteinander auf der Mittelschule, aber ich hab mit der Schule dann aufgehört und lieber mit meinem Vater das Land beackert. Und wegen meiner Bauernmuskeln meinte Srećko, als ich ihn eines Tages wiedertraf, ich könnte doch Boxer werden. Es war nicht mein Traum, aber in aller Bescheidenheit – im Faustkampf konnte mir keiner was erzählen. Ich war einverstanden; auf diese Weise waren wenigstens die öden Abende auf dem Land vorbei. Nach und nach wurden aus den Turnhallen die Boxarenen, ich war nämlich gut – ich habe in Novi Sad gekämpft, in Šabac, einmal sogar in Zagreb. Srećko hat mir Glück gebracht – früher oder später wächst doch jeder in seinen Namen hinein, oder? Jedenfalls habe ich meistens gewonnen. Und auch wenn ich mal nicht gewonnen habe… Erinnert ihr euch an Draže? Gegen ihn hab ich mich auf den Beinen gehalten, bis… Wie, ihr wisst nicht, wer Draže ist? Ihr habt ja keine Ahnung vom Boxen, ihr zwei! Aber dann kam der Krieg, und Kämpfe waren kein Spektakel mehr, das man sich extra anschaut. Granaten werfen oder Leute abschlachten war nicht mein Traum. Ich bin desertiert. Auch Srećko war kein Fan vom Krieg, im Gegenteil, er hat sich's immer so bequem wie möglich gemacht, und so wurde er Schmuggler. Deswegen bin ich hier und warte auf ihn: Mit Grenzen kennt er sich aus, und jetzt soll er mir eine falsche Geburtsurkunde bringen. Kapiert?«

»Wieso denn eine falsche?«, fragte ich genervt. Von Anfang an hatte ich nicht richtig zugehört, und jetzt kam ich überhaupt nicht mehr mit.

»Weil er im Meldeamt war und sich für mich ausgegeben hat, er hat mit meinem Namen unterschrieben und mir eine Geburtsurkunde organisiert. Damit steht jetzt fest, dass ich Serbe bin und Anspruch auf einen serbischen Pass habe. Yep. Er muss mir nur diesen Fetzen Papier bringen. Er hat hier in Italien geschäftlich zu tun und meint, es passt ihm gut, über Triest zu fahren. Es ist ein Glück, wenn man einen Agenten wie Srećko hat, der lässt seine Leute nie hängen.«

»Kommt er mit dem Autobus heute Abend?«, fragte Candide neugierig.

»Ganz genau, durchaus möglich. Das heißt, ich bin so gut wie sicher, dass er heute Abend kommt. Seit Tagen komme ich her und warte auf ihn, aber heute ist der richtige Tag, das spüre ich... Sieh an, sieh an, was hab ich gesagt? Da kommt euer Bus, da biegt er um die Kurve. Lauft! Schnell, sonst fährt er euch noch davon!«

Im Laufschritt erreichten wir den Bus, stürmten hinein, warfen uns auf zwei freie Sitze. Durchs Fenster hielt ich nach unserem Boxer Ausschau. Mir fiel auf einmal ein, dass wir uns ja gar nicht vorgestellt hatten: Wir wussten, wie sein Agent hieß, aber seinen Namen kannten wir nicht. Ich hätte gern gewusst, ob auch er irgendwann in seinen Namen hineingewachsen war. Ich war drauf und dran, noch einmal auszusteigen und ihn zu fragen, doch kaum war ich aufgestanden, fuhr der Bus an, und ich fiel auf den Sitz zurück. In dem Moment leuchtete die Laterne auf, unter der er wartete, und er ging in Kampfstellung. Wie im Boxring stand er da, von oben beleuchtet, und versetzte einem unsichtbaren Gegner kleine Fausthiebe, wie um seine Reaktion zu testen.

Kaum aufgetaucht, entglitt uns Triest still und leise, wie kollabiert unter diesem Sonnenuntergang. In der Rangfolge meiner Lieblingsstädte teilte sich Triest den zweiten Platz mit Split. Es waren zwei Städte, die ich wenig und nur oberflächlich kannte, es waren Schwellenstädte, sie gehörten nicht zu mir und ich nicht zu ihnen, aber sie waren gleichsam Übergänge, zwei Eingangstore. Ich liebte sie, weil sie mir immer das Gefühl des Ankommens vermittelten, nie eines Abschieds, aus welcher Richtung ich auch kam.

Es gab keine Grenzstation, keinen Zoll, aber ich merkte

es sofort, als wir in Slowenien waren. Es lag an den Farben, an kleinen Unvollkommenheiten hier und dort, die bei dem halsbrecherischen Tempo, mit dem die Europäisierung voranschritt, übersehen worden waren. Der Himmel hing irgendwie tiefer ... was ich mir aber wohl nur einbildete. Er hatte die Farbe von Wäsche, die mit einem kaum wahrnehmbaren Grauschleier überzogen war.

Nach einer knappen Stunde Fahrt kamen wir nach Ljubljana mit seinen perfekt gepflegten Grünflächen, seinen habsburgischen Stadthäusern und der undefinierbaren Faszination des alten Mitteleuropas. Wir stiegen am Hauptbahnhof aus, dem vielleicht einzigen Ort in der Stadt, der noch an jene Vergangenheit erinnerte, die uns als eine einzige Nation betrachtet hatte. Es war schon dunkel, und wir waren dem Verhungern nahe. Die Mutter schickte ellenlange Nachrichten, in denen sie sich über diesen Giovanni verbreitete, der ein wirklich lieber Junge sei und ein Opfer dieser kranken Welt, über seine Arbeitslosigkeit, seine Depression, über die Politik, die Homosexualität, die Wirtschaftskrise. Sie lasen sich wie die Absichtserklärungen zweier Ausreißer, die nichts zu verlieren hatten, zweier Leute in einem Kühlwagen, die aus dem System und der Entfremdung der Postpostmoderne aussteigen wollten. Ich pflichtete ihr bei, dankbar, dass offenbar wieder Frieden zwischen uns herrschte. Wir waren wieder mal unterwegs nach Bosnien, und auch diesmal wegen einer Beerdigung. In den letzten Jahren kamen wir nur noch deswegen. Immer begruben wir. Nie holten wir jemanden ans Licht.

»Und ihr zwei, seid ihr schon da? Wie ist das Wetter?«, fragte sie zuletzt.

Diese Besessenheit vom Wetter!

»Wir sind in Ljubljana. Zelig ist eben gelandet. Hier ist Winter, es geht ein eisiger Wind. Angeblich hat es in der Umgebung schon geschneit.«

»Warum seid ihr in Ljubljana? Hättet ihr nicht von Triest direkt nach Sarajevo fahren sollen? Wir sind an der kroatischen Grenze. Auch hier ist es bedeckt. Wir hören uns.«

»Ging nicht anders, Zelig hatte nur einen Flug nach Ljubljana«, antwortete ich.

»Macht keinen Unfug mehr und seht zu, dass ihr pünktlich da seid, denn wir werden mit der Beerdigung nicht warten, bis es *euch* passt.«

Wieder geriet sie in Wut, und ich hatte es satt, eine miserabel organisierte Reise verteidigen zu müssen.

Wenn das alles vorbei ist und die Großmutter unter der Erde, dachte ich, dann könnt ihr mich alle gern haben, ich verschwinde, ich ändere meine Telefonnummer, mich findet ihr nicht mehr. Zum x-ten Mal nahm ich es mir vor und wusste genau, dass mir wieder der Mut dazu fehlen würde.

»Essen wir was?«, fragte Candide.

»Ja, gehen wir rein, drinnen wird es wohl eine Bar geben.«

Es gab eine; sie war leer; ein junger Mann rückte Stühle zurecht und war offenbar im Begriff zuzusperren. Es gab dreierlei Sandwiches. Alle drei versetzten mich in meine

Kindheit zurück. Ich nahm zwei verschiedene, aufs Geratewohl, und konnte es nicht erwarten, in die *pašteta* zu beißen. Candide war unentschlossen; irgendwann entschied auch er sich für zwei, drei weitere nahmen wir für Zelig mit und dazu Käsebällchen, zwei Bier und eine Flasche Rotwein, einen slowenischen Merlot. Mit unserer Beute setzten wir uns draußen auf eine Bank. Das erste Sandwich verschlang ich, mit dem zweiten ließ ich mir Zeit und begriff, dass man seine Kindheit nicht in einer Bahnhofskneipe wiederfinden kann, keine Chance.

»*Gualjooo!*«, schrie es hinter uns, und als wir uns umdrehten, sahen wir einen, der für uns von diesem Moment an den typischen Ungarn verkörperte. Ich hatte ihn mindestens vier Monate nicht gesehen, und von dem Bild, das ich von ihm im Gedächtnis hatte, war er schon tausend Lichtjahre entfernt.

»Du musst die richtige Wellenlänge einstellen! Du kannst doch nicht aussehen wie ein Ungar mit bosnischem Pass und auf neapolitanisch *gualjooo* schreien, wenn du im Reich der Slowenen aufschlägst!«, verspottete ihn Candide und leckte sich die herausgequollene Mayonnaise vom Handrücken.

Zelig warf mit zelighafter Großartigkeit lässig seine Tasche auf den Boden und fiel uns um den Hals. Es waren die typischen Einfühlsamkeitsumarmungen von Reisenden, die einem irgendwas überaus Eindrucksvolles mitteilen wollen, das aber beim Empfänger nie ankommt. Sie wollen einen die unterwegs verinnerlichte Ferne spüren lassen und zugleich die Nähe, die sie einem gegenüber empfinden, aber am Ende machen sie einen nur nervös, weil sie andauernd den großen Max heraushängen lassen, während man selber immer nur zwischen Büro und Wohnung hin und her gependelt ist, nicht ständig in zehn verschiedenen Sprachen parliert, keine Leute kennt, die sich von Australien zu Fuß auf den Weg machen, um ihre polnischen Wurzeln zu ergründen. Man selber hat sich die letzten Jahre nur abgestrampelt, was man dann als eine Art Widerstandskraft und Charakterfestigkeit ausgegeben hat, weshalb man nicht anders kann als schlicht und einfach nur Neid zu empfinden.

Mit einer Johnny-Depp-Geste nahm Zelig die Brille ab und sagte mit ernster und tiefer Stimme, wie der Inbegriff der Lebenserfahrenheit: »Verdammt, die Nana!«

»Spielst du gerade irgendeine Filmrolle?«, fragte ich.

»Schwesterherz! Wie schön, dich zu sehen!«, antwortete er freudestrahlend.

»Ein Auftritt, der hinten und vorn nicht stimmt!«, kommentierte Candide.

»Bruderherz, hast du abgenommen?«

Es war seine Art, uns wissen zu lassen, dass er in friedlicher Absicht kam. Candide verstand und warf ihm die Sandwichtüte hin. Wir setzten uns wieder.

Die beiden tranken ihr Bier aus der Flasche, ich schenkte mir Rotwein in einen Plastikbecher. Es war ein Mittwochabend im Juni, und es ging ein Wind, der sich einem zwischen die Rippen rammte. Aus einem Auto, das mit aufgerissenen Türen dastand, dröhnten die Dire Straits mit *Sultans of Swing*, der Langversion von *Alchemy*

Live, zehn Minuten Gitarrensolo, wie es nur Knopfler draufhat. Ich wiegte mich unwillkürlich mit.

»Schon wieder die Dire Straits!«, murrte Zelig, wippte aber mit dem rechten Fuß im Takt.

»Die Achtziger dauern hier ewig«, sagte Candide.

Wir sahen einander an, nickten, drehten uns synchron eine Zigarette und zündeten sie an. Und inhalierten, als wäre es der letzte Atemzug, als verleibten wir uns mit diesem Mundvoll Rauch ganz Ljubljana ein.

Ich war müde. Es war fast Mitternacht, und bis zur Abfahrt nach Zagreb waren es noch zwei Stunden. Den letzten Bus nach Sarajevo hatten wir vor unseren Augen davonfahren lassen müssen, weil Zelig noch nicht da gewesen war. Schlafen kam nicht infrage – wir wären nachher gar nicht mehr wach geworden. Lieber Zelig nach seinem Geheimnis ausfragen. Oder vielleicht doch nicht.

»Wie ist es denn überhaupt passiert?«, fragte der jetzt.

»Ganz absurd«, antwortete Candide, als hätte er nur auf das Stichwort gewartet. »Ich bin früh aufgewacht und habe mit Nana gefrühstückt, die ganz normal war, wie immer, und dann war sie auf einmal tot, einfach so! Zwei Stunden vorher sitzt sie noch da und trinkt Tee und isst Kekse, und dann existiert sie nicht mehr. Das darf doch nicht sein, oder?«

»Dann war's ein Herzinfarkt?«

»Ja, der Arzt sagte, das Herz hat es nicht mehr mitgemacht«, antwortete ich.

»Was denn?«, fragte Zelig. »Was hat es nicht mehr mitgemacht?«

»Das hab ich mich auch gefragt…«

»Und die Mutter?«, fragte er weiter.

»Die Mutter ist ein Fels, trotz allem. Sie läuft vorwärts wie ein Maultier und fürchtet sich nicht vor dem Leben«, antwortete ich.

»Und auch nicht vor dem Tod«, fügte Candide hinzu.

Die Weinflasche entglitt mir und zersplitterte auf dem Boden. Ich spüre einen scharfen Schmerz in der linken Hand, von der ein rotes Rinnsal lief, und ich wusste erst nicht, ob es Wein oder Blut war. Ich goss Wasser aus einer kleinen Flasche darüber und sah, dass es blutete; ich hatte mich außen am Daumen geschnitten. Ich wickelte ein Papiertaschentuch darum, hielt mit den übrigen Fingern meinen Daumen umklammert, als wäre ich schon am Verbluten, und konnte an nichts anderes denken als an Infektion, Wundstarrkrampf, Amputation.

»Was meint ihr, kann ich sie noch mal sehen, oder ist der Sarg schon zu?«, fragte Zelig.

»Wir machen ihn einfach wieder auf! Wer soll uns das verbieten?«, rief Candide wehrhaft.

»Ja, sicher, auch der Onkel und der Großvater werden sie sehen wollen«, stimmte ich zu und versuchte gleichzeitig, die Aufmerksamkeit auf meine Verletzung zu lenken, aber die schien niemanden zu interessieren.

»Täte mir leid, sie nie mehr zu sehen.«

Seine Stimme zitterte, als er das sagte, aber Zelig hat sich noch nie geniert, öffentlich zu weinen, und ließ auch jetzt seinen Tränen freien Lauf. Candide war in der Hinsicht das genaue Gegenteil, er fürchtete sich vor Tränen, vor allem den eigenen. Ein Stein lag auf seinem Herzen, und ich hatte immer das Gefühl, dass alle Schleusen sich gleichzeitig öffnen müssten, wenn dieser Stein sich eines Tages löste. Candide drehte sich nervös die nächste Zigarette. Wir drückten uns wieder auf der Bank aneinander. Einen Arm hatte ich um Zelig gelegt, der weinte, und den anderen um Candide, der rauchte. Ich blutete.

Ein Dunstschleier trübte den Mond, die Nacht zog sich hin mit tausend Erinnerungen: Wisst ihr noch, wie die Nana damals... wisst ihr noch damals, als die Nana... und Nana war lebendig, ein tanzender Stern am Nachthimmel über Ljubljana.

»Hört mal«, riss uns Zelig aus unseren Gedanken. »Ich hab eine Frau kennengelernt, Mariana, eine Rumänin, und als ich ihr gesagt habe, dass ich wegmuss, weil Nana gestorben ist, hat sie mir von einem Cousin erzählt, der in Rom gelebt hat und Maurer war, aber vor zwei Jahren hat ihn ein Herzinfarkt erwischt, direkt auf dem Baugerüst, ein paar Tage nach seinem Vierzigsten. Das Drama war, dass seine Angehörigen, nachdem sie verständigt waren, die dreitausend Euro, die sie die Überführung nach Rumänien gekostet hätte, beim besten Willen nicht aufbrachten. Deshalb musste man ihn im Leichenschauhaus in Rom liegen lassen...«

»Aber doch wohl nicht zwei Jahre lang, oder? Wie haben sie ihn denn rausgeholt?«

»Gar nicht, er liegt immer noch dort. Aussichtslose Situation. Man kann ihn ja nicht einfach abholen und wegbringen, sondern muss massenhaft bürokratische Hürden überwinden. Das heißt, ohne Kohle bist du machtlos, du kannst eine Rückführung nicht bezahlen, und die Leichen bleiben liegen, bis die AMA sie entsorgt. Die meisten dieser Leute sind nach Italien gekommen, um eine mittellose Familie zu Hause durchzubringen, und wenn sie dann versterben ...«

»Mit ›AMA‹ meinst du die Müllabfuhr?«

»Klar, und die AMA bringt sie dann auf den Friedhof der Unsichtbaren, der ist in Prima Porta in Rom. Irr, oder? Die letzte Hoffnung der Familie von Mariana war, dass sie das Geld doch noch zusammenbringen, bevor ihn die Müllabfuhr abtransportiert. Sie haben einen Horror vor der Vorstellung, dass er irgendwo in der Fremde verscharrt werden könnte.«

»Die städtische Müllabfuhr, der Friedhof der Unsichtbaren ... Hat man gelebt, damit am Ende *das* herauskommt?«, murmelte ich vor mich hin.

»Das ist vor allem das Problem der Lebenden«, sagte Zelig. »Die Toten interessiert das wohl weniger.«

Bis der Busfahrer endlich die Türen aufmachte und uns einsteigen ließ, zitterte ich vor Kälte, die mir feucht in den Knochen saß. Es ging weiter, weiter nach Süden, immer tiefer hinunter. Ganz langsam, sozusagen häppchenweise, schloss der Süden sich auf.

Wir stiegen ein und setzten uns jeder für sich. Den Kopf an die Fensterscheibe gelehnt, warteten wir noch eine ganze Weile, bis der Fahrer endlich losfuhr und den menschenleeren Bahnhofsplatz von Ljubljana hinter sich ließ. Außer uns saßen zwei Frauen um die fünfzig im Bus, ein ungefähr gleichaltriger Mann und ein Mädchen um die zwanzig. Die Stille dieser Fahrt wurde nur unterbrochen von den permanent eintreffenden Handynachrichten des Mädchens. Der Klingelton war extrem laut, und die beiden Frauen tauschten missbilligende Blicke, und man sah ihnen an, was sie dachten: »Schlechte Manieren.«

»Oh Mann, das nervt!«, rief das Mädchen irgendwann aus.

»Und *du* nervst erst!«, antwortete die eine der beiden Frauen, die offensichtlich auf Streit aus war.

»Was ist Ihr Problem?«, fragte das Mädchen.

»Schlafen will ich, das ist mein Problem, und du hast schlechte Manieren!«, zischte die Frau.

»Mag sein, dass ich schlechte Manieren habe, aber Sie sind total intolerant! He, Leute, nerve ich euch auch?«, fragte sie, sich zu meinen Brüdern umdrehend. Die schüttelten überrumpelt den Kopf.

»Sehen Sie, nur *Sie* sind genervt«, sagte das Mädchen triumphierend zu der Frau.

Diese warf einen grimmigen Blick nach hinten zu meinen Brüdern, suchte dann solidaritätsheischend die Verständigung mit den übrigen Fahrgästen, doch die Kunstblondine mit platinfarbenem Pferdeschwanz, die zuvor auf ihrer Seite gewesen zu sein schien, mied jetzt ihren Blick. Mutige und loyale Verbündete sind eine Seltenheit.

Das Mädchen wandte sich an Zelig. »Schau mal, was der schreibt«, sagte sie.

Ich saß vorn und verfolgte die Szene amüsiert. Zelig

beugte sich vor und fragte zu meiner Überraschung: »Was denn?«

»Er schreibt: ›Lieber bin ich mit Rumäninnen und Russinnen zusammen, die nicht erst von Liebe reden und einen dann doch nicht lieben.‹ Was sagt man dazu?«, fragte sie, neurotisch mit den Wimpern klimpernd. Ihr schweres Make-up passte zu ihrem weichen Gesicht wie die Faust aufs Auge, aber es diente schließlich dem Zweck, seine Trägerin tough erscheinen zu lassen.

»Interessant«, sagte Zelig.

»Was soll daran interessant sein? Dieser Scheißkerl will mich mit Rumäninnen und Russinnen erpressen ...«

»Also, ich finde, das kann man auch anders sehen. Mir scheint, er macht eine soziokulturelle Analyse«, antwortete Zelig amüsiert.

»Verarschst du mich?«, fragte sie empört.

»Nein, nein. Ich denke nur, dass er nach der Erfahrung mit dir offenbar kapiert hat, dass Kroatinnen von Liebe reden und dann eben nicht lieben, und dass er sich jetzt sagt, andere Länder haben auch schöne Töchter.«

Es kam eine weitere Nachricht, und sie fing an zu lachen. »Der Typ spinnt doch!«

»Was schreibt er denn?«, fragte Zelig neugierig.

»›Morgen geb ich eine Party, um dich zu vergessen. Kommst du?‹«

»Genial!«, rief Zelig.

»Ich antworte nicht mehr!«, schloss das Mädchen.

»Wenn du nicht auf eine Party gehen willst, um dich zu vergessen ...«, raunte ihr Zelig ins Ohr.

»Genau, sehr gut, mach endlich das Telefon aus«, mischte sich die Frau von vorhin ein. »Ich will endlich schlafen.«

Niemand gab Antwort, es trat wieder Stille ein. Es war drei Uhr nachts, und der Busfahrer fuhr wie ein Irrer mit hundertzwanzig auf der Landstraße. Das Mädchen tippte wieder auf ihrem Handy herum; offensichtlich war sie einer Party, auf der sie sich vergessen konnte, nicht abgeneigt. Würde nicht jeder gern auf so ein Fest gehen?

Wir flogen durch Grasland und unbesiedelte Dunkelheit. Mir wurden die Lider schwer; irgendwann fielen mir die Augen zu. Nicht schlafen, dachte ich, wir sind doch gleich da, lieber wach bleiben, lieber wach bleiben ...«

»He, aufwachen!«

Ich riss erschrocken die Augen auf und wusste nicht, wo ich war; ich versuchte den Blick scharfzustellen, irgendetwas zu erkennen. Nein, ich war nicht zu Hause, in meiner Wohnung in Rom, ich war nicht bei ... Ich war in Zagreb.

Träge, wie in Zeitlupe, weil der Schlaf sämtliche Reflexe verlangsamt hatte, stiegen wir aus dem Bus. Wir saßen auf einer Bank vor dem Bahnhof, sahen uns um und kämpften uns aus den Resten dieses zu kurzen Schlafs. Der Bus schnaufte ein paarmal, dann ging der Motor aus, der Fahrer kletterte herunter, sperrte alles ab und nickte uns zum Abschied zu.

Der Bahnhof sah aus wie viele Bahnhöfe, nur war er jetzt, mitten in der Nacht, so leer, so verlassen, dass er unwirklich schien, wie in eine bläuliche Wolke gehüllt.

Unten, wo der breite Boulevard in der Ferne verschwand, atmete die Stadt gleichmäßig ein und aus. Jemand hatte auf einer Bank eine Zeitung liegen lassen, die der Wind aufgeschlagen hatte und jetzt behutsam umblätterte; die inneren Seiten flogen auf und wurden fortgerissen, ein Blatt löste sich von den übrigen und wickelte sich um meine Beine. Ich hielt es für ein Zeichen: Kaum habe ich einen Fuß auf kroatischen Boden gesetzt, kommt ein Zeitungsblatt angeflogen und will von mir gelesen werden – das Schicksal will mir etwas mitteilen. Ergriffen nahm ich es an mich, strich es glatt und war innerlich darauf gefasst, ein Geheimnis aufzudecken, eine Wahrheit zu erkennen oder eine Botschaft zu empfangen, die alles erklärte. Mein Blick fiel auf eine Kolumne, die unter dem Titel »Wahres Leben« die interessantesten Briefe von Lesern veröffentlichte. In dieser Ausgabe trug der Brief die Überschrift: »Seine Familie hat mich nie akzeptiert – ich soll ihn mit dem Postboten betrogen haben.« Na, wenn das Schicksal so anfing … Dennoch zwang ich mich zu lesen, auf dem Weg zur Weisheit, sagte ich mir, sind Vorurteile ebenso unangebracht wie Zimperlichkeit. Die Geschichte war aber wirklich völlig absurd und langweilig. Eine banale Frau, kurz davor, sich von ihrem Freund zu trennen, heiratet ihn in der Hoffnung, die Beziehung auf diese Weise zu kitten. Eine übergriffige Schwiegermutter, ein schwacher Schwiegervater, ein Briefträger, der die Post bringt und der Einzige in der Geschichte ist, der tut, was er tun muss. Der Bericht zerfaserte und hörte dann einfach auf; zurück blieb die existentielle Frage: Hatte sie jetzt was mit dem Postboten oder nicht? Und die bittere Antwort: Es gibt Länder, in denen die Zeitungen noch schlechter sind als in Italien.

Ich musste aufhören, immer und überall Zeichen und Signale zu wittern, hinter allem eine geheime Bedeutung zu entdecken und hinter jeder Ecke Wundersames zu erwarten. Lass es, sagte ich mir, du verpasst keine großartige Wahrheit, wenn du nicht ständig drauf lauerst. Ich warf das Zeitungsblatt fort und versuchte, T-Shirt und Hose glatt zu streichen; ich war völlig zerdrückt, sogar meine Gesichtshaut war zerknittert. Nichts machte mich wahnsinniger als Koffeinmangel nach dem Aufwachen.

Wir betraten das Bahnhofsgebäude, unsere Schritte hallten durch die Stille. Alle Läden und Bars waren geschlossen, nur hinter der Glasscheibe des Fahrkartenschalters war schemenhaft ein sitzender Mensch zu erkennen, und beim Näherkommen hörte man ihn schnarchen; ab und zu fuhr er im Schlaf zusammen. Wir streiften durch den Bahnhof, sahen immer wieder auf die Uhr: Der Bus nach Sarajevo sollte um halb sieben abfahren; noch zwei Stunden. Gäbe es doch wenigstens ein Café, das offen hatte!

»Was machen wir?«, fragte Zelig.

»Sag's du uns. Schließlich hängen wir deinetwegen jetzt hier rum«, sagte Candide mürrisch, der bei Schlafmangel reizbar wurde. Müdigkeit konnte er nicht ertragen; er hatte seinen eigenen tiefenentspannten Rhythmus und praktizierte den Müßiggang wie eine Disziplin.

»Was kann denn ich dafür, wenn ich's nicht nach Triest geschafft habe«, rechtfertigte sich Zelig.

»Na klar, du bist nie an irgendwas schuld. Tatsache ist, dass du nie irgendwas auf die Reihe kriegst, du schwirrst herum wie eine wahnsinnig gewordene Fliege. Es ist immer wieder dasselbe mit dir, immer müssen wir warten, bis es dir mal in den Kram passt.« Es war Candide, der das sagte, aber ich hörte unsere Mutter reden.

»Was hast du denn?«

»Ich bin todmüde, okay? Wenn du nicht wärst, säße ich jetzt im Bus nach Sarajevo und könnte schlafen!«

»Hört doch auf, es ist jetzt, wie es ist. Ist doch sinnlos zu streiten!«, mischte ich mich ein.

»Na gut, weise Schwester, was schlägst du vor?«, fragte Candide ätzend.

Statt einer Antwort nahm ich meinen Rucksack und setzte mich auf eine andere Bank, aber die beiden hatten sich jetzt gegen mich verbündet und hörten nicht auf mit ihren Sticheleien.

Ich lehnte mich zurück, schloss die Augen und meinte angebrannte Zwiebeln zu riechen. Ich fühlte mich beinahe zu Hause, und dieses Beinahe schützte mich vor den Täuschungen und den unvermeidlichen Enttäuschungen: Ein »Beinahe zu Hause« legte ja nahe, dass es irgendwo auch ein echtes Zuhause gab. Aber das gab es nicht, das hatte ich gelernt, und daher genoss ich den metaphorischen Zwiebelgeruch, den der Wind aus den fernen Küchen des Balkans zu mir herüberwehte.

»Hast du dran gedacht, mir dieses Dings mitzubringen?«, fragte Zelig.

»Ja, ja, ist im Rucksack«, antwortete Candide.

»Wir befördern doch keine sonderbaren Dinge, oder? Das fehlt jetzt noch, dass wir verhaftet werden!«, rief ich schrill.

»Ah, du immer mit deinem Drang, andere Leute zu belauschen!«, stichelte Candide.

»Keine Ausflüchte jetzt – was transportieren wir?«, beharrte ich. Ich stand auf und trat auf sie zu.

»Keine Sorge, es ist was Schönes«, antwortete Zelig.

»Manches Schöne ist illegal.«

»Dieses nicht.«

»Kinder, macht jetzt keinen Unfug, ich hab keine Lust auf zusätzliche Scherereien …«

»Vertrau uns«, antworteten sie einmütig.

»Was ist es denn? Los, ich will's wissen!«, beharrte ich.

»Es ist eine Überraschung für alle, also auch für dich.«

»Ich mag keine Überraschungen. Sag schon!«

»Du wirst dich gedulden müssen, bis alle in den Genuss des Geschenks kommen«, schloss Candide.

»Aber wenn ihr zwei es wisst, will ich es auch wissen … Wir sind ein Trio, drei Geschwister!«

»Ja, ja, die Brüder Karamasow«, spottete Candide.

»Wir sind zwei Brüder und eine Schwester. Von wegen Trio«, fügte Zelig schlau hinzu.

»Ob es euch passt oder nicht, wir sind ein Trio, und am Ende erfahre ich sowieso immer alles, was ihr mir verheimlichen wollt.«

»Inzwischen sind wir aber erwachsen. Wir verheimlichen nichts mehr«, sagte Zelig. »Die Zeiten sind vorbei.«

Er zwinkerte Candide zu, der mich argwöhnisch ansah. Zelig beobachtete uns beide und ahnte, dass wir ein Geheimnis hatten, von dem wiederum er nichts wusste.

»Was ist hier los?«, fragte er.

Um ihn abzulenken, rief Candide: »Schaut mal!«, und deutete auf etwas rechts von uns. Wir drehten uns um und wussten nicht, was er meinte.

»Was?«, fragten wir wie aus einem Mund.

»Dort hat ein Café offen.«

Wir drehten uns wieder um und entdeckten auf der anderen Seite des Bahnhofsplatzes, an der Einmündung einer breiten Straße, eine Leuchtschrift. Vielleicht war es tatsächlich ein Café. Wir schulterten unsere Rucksäcke und machten uns auf den Weg zu dieser Fata Morgana.

Der Rollladen stand halb offen, und drinnen hörte man jemand mit Tassen und Stühlen hantieren. Zelig bückte sich, um ins Innere zu spähen, dann klopfte er an die Glasscheibe.

»Was willst du?«, fragte eine Bärenstimme. Candide und ich sahen uns ratlos an, und vor unserem inneren Auge löste sich der Traum von dampfendem Kaffee in Luft auf. Mit seiner nicht ganz sicheren Sprache fragte Zelig, ob sie denn schon offen hätten. Die Bärenstimme sagte zu jemand anderem: »Das sind gar nicht die üblichen Besoffenen, das sind Ausländer. Lassen wir sie rein.« Wenigstens fünfzig Prozent seiner Aussagen waren falsch.

Während wir auf die Entscheidung des Bärenmenschen warteten, musste ich daran denken, wie mir einmal das Portemonnaie gestohlen worden war. Ich war bei der Polizei, um Anzeige zu erstatten. Als ich vor dem

Carabiniere saß und berichtete, was passiert war, sagte er prompt: »Ich bin ganz Ihrer Meinung, diese Ausländer sind wirklich unerträglich.«

Damals hatte ich noch nicht die Gnade der italienischen Staatsbürgerschaft empfangen und fühlte mich gedrängt, ihn darauf aufmerksam zu machen: »Na ja, aber in diesem Fall bin ich die Ausländerin.«

Er wurde purpurrot und versuchte sich herauszuwinden, verbreitete sich über meine helle Haut und meinen Akzent, der ja fast norditalienisch sei, und ich verkniff mir, ihn auf die Grenzen der Europäischen Union und das slawische Talent für Fremdsprachen hinzuweisen. Er setzte noch eins drauf, wollte wissen, woher ich denn sei, und als ich es ihm gesagt hatte, meinte er: »Ah, Bosnien. Ihr habt ja allerhand durchgemacht mit diesen Moslems!«

Ich fing zu lachen an.

»Jetzt sagen Sie bloß, Sie sind auch eine?«, fragte er erschöpft. Er kapitulierte und schickte einen Kollegen, um meine Anzeige aufzunehmen.

Aus unserer kroatischen Bar tönte jetzt eine verärgerte Frauenstimme. »Ja, aber am Ende gewöhnen sie sich noch daran, dass sie bloß anklopfen müssen, und schon machen wir auf!«

»Wie kann sich jemand, der bloß auf der Durchreise ist, daran gewöhnen? Die kommen doch nicht jeden Tag wieder, nur um uns zu ärgern!«

Wir standen draußen vor der Tür wie drei geduldige Abenteurer, während der Mann mit der Bärenstimme näher kam und mit den Schlüsseln hantierte. Er machte die Tür weit auf, bückte sich, bis er unter dem halb offenen Rollladen hindurchschauen konnte, und bat uns herein. Er sprach leise und artikulierte seine Worte betont langsam, damit wir ihn auch ja verstünden: »Ich ziehe den Laden nicht hoch, weil wir eigentlich noch gar nicht offen haben, aber einen Kaffee mach ich euch!«

Wir krochen in das Lokal, das ein Schnellimbiss zu sein schien; die Farben waren kalt, und es wirkte alles recht heruntergekommen. Um diese Tageszeit roch es nach Desinfektionsmittel und wirkte eher wie eine Arztpraxis als eine Bar. Der Mann war riesig und dick, mit rundem haarigem Gesicht, ebenfalls runden Augen und einer tiefen Furche, die sich von der Nase aufwärts bis in seine hohe Stirn zog, eine Wutfalte, typisch für Leute, die sich andauernd ärgern.

»Setzt euch«, sagte er langsam und deutete zu einem Tisch.

Er war anscheinend überzeugt, dass er so reden musste, um sich verständlich zu machen, aber wenn man eine Sprache nicht beherrscht, hilft auch das langsamste Sprechen nichts. Ich fand seine Einstellung allerdings nicht unvernünftig. Als wir nach Italien kamen, redeten die Leute überall, wo immer wir waren, extra laut mit uns, in der Überzeugung, dass Lautstärke das Verständnis befördert, was die Mutter ärgerte. »Die halten uns wohl für taub?«, fragte sie immer wieder.

»Wenn das so weitergeht, sind wir das bestimmt früher oder später«, antwortete ich dann.

Wir setzten uns an einen Tisch, bemüht, so wenig wie

möglich zu stören, während die genervte Frau putzte und uns währenddessen beobachtete. Der Mann bekam die hin- und hergehenden Blicke mit und kommentierte mit verlegenem Lächeln: »*Women!*«

Erst dann wurde ihm bewusst, dass auch ich eine Frau war, und er hob kapitulierend die Hände, wandte sich ab und setzte die Kaffeemaschine in Gang. Es war befreiend, so tun zu können, als sei man fremd und habe keine Ahnung von der Gegend und den Menschen. Nicht dazugehören, ja die Lust darauf und vor allem das Bedürfnis danach zu unterdrücken. Das Spiel behagte mir, und ich hätte es gern weitergespielt, doch der Mann stellte den Kaffee vor uns hin, und als die unvermeidliche Frage kam, woher wir kämen, beeilte sich Zelig, es ihm zu erklären. *Ursprünglich* aus Bosnien, aber dieses »ursprünglich« ärgerte mich ziemlich. Woher aus Bosnien? Na ja, es reichte der Name der Stadt, um den Mann verstummen zu lassen; er senkte den Blick und schüttelte den Kopf, wie um uns mitzuteilen, dass ihm die Worte fehlten.

Ich konzentrierte mich auf meine Kaffeetasse, Candide ebenfalls; Zelig hingegen war im Kommunikationsmodus und zermarterte sich das Hirn, um sinnvolle Sätze zu konstruieren. Der Mann warf einen Blick auf die Uhr und entschuldigte sich: Er müsse das Lokal öffnen. Es war halb sechs.

»Statt hier die Asoziale zu spielen, hättest du mir ruhig helfen können«, sagte Zelig vorwurfsvoll.

»Ich wollte Ausländerin spielen«, antwortete ich.

»Warum?«

»Warum soll ich um fünf Uhr morgens mit einem Unbekannten über solche Themen reden?«

Er nickte ernst und verständnisvoll. Er zwinkerte mehrmals, dann wurde sein Blick von einer Art Zittern erfasst, unter dem sich seine Augen weiteten, als sei ihm plötzlich ein erschreckender Gedanke gekommen. Auch er senkte den Blick auf seine Tasse. Candide hatte sich klein und unauffällig gemacht und zuckte gelegentlich mit den Schultern, als führe er ein inneres Zwiegespräch.

Mir wurde auf einmal deutlich bewusst, wie unglücklich wir alle waren. Für einen Moment blieb das Leben stehen, und die Erinnerung begann zu pulsieren. Wir drei saßen reglos auf unseren kirschroten Stühlen, die Ellenbogen auf den weißen Tisch gestützt, und sahen einander nicht an. Wir waren alle Gefangene derselben Erinnerung; es genügte, bestimmte Orte, bestimmte Daten, bestimmte Personen zu erwähnen, und auf der Stelle zog es uns in die Tiefe.

»Die Lösung ist nie individuell, sondern immer kollektiv«, murmelte Candide vor sich hin.

»Was meinst du?«, fragte ich.

»Die Tragödie hat uns kollektiv getroffen, also muss auch die Befreiung kollektiv sein.«

»Ich verlange aber einen individuellen Weg.«

»Das nützt nichts. Das heißt, es kann nur *dir* nützen, sonst keinem. Aber welchen Sinn hätte es zu erleben, was wir erlebt haben, wenn es nur uns nützt?«

»Du sagst es – ich sehe nicht den geringsten Sinn in dem, was uns passiert ist.«

»Wenn du den Sinn erkennst, findest du auch die Lösung.«

»Hast du etwa einen Sinn darin entdeckt?«, fragte ich hoffnungsvoll.

»Nein, das kann ich nicht allein. Betrifft ja nicht nur mich.«

»Wir müssten mehr reden«, schlug Zelig vor.

»Worüber?«

»Über unseren Vater vor allem.«

Allein die Vorstellung lähmte uns.

Das Gespräch stockte. Wir bestellten noch einen Kaffee, schauten auf die Uhr, zahlten, ich bat um ein Pflaster für meine Verletzung, aber der Barbesitzer riet mir zu einem Verband. Ich wickelte ein Papiertaschentuch um meinen Daumen, wir nahmen unsere Rucksäcke und gingen zum Bahnhof zurück. Der Bus hatte schon den Motor laufen, eine Gruppe von Personen lud Gepäck in den Stauraum. Wir stellten uns an. Die beiden zaundürren Fahrer, der eine groß, der andere klein, halfen den Passagieren und scherzten ununterbrochen. Dem Akzent und der Wortwahl nach zu urteilen, waren es Bosniaken. Als wir an der Reihe waren, grüßte ich und wollte meinen Rucksack abgeben, der Lange aber hielt mir erst ein Körbchen mit Bonbons hin.

»Nein, danke«, sagte ich überrumpelt und abweisend. Noch nie hatte mir ein Busfahrer als Gegenleistung für mein Gepäck Bonbons angeboten.

»Okay, dann kostet es zehn Euro!«, sagte er todernst.

Ich argwöhnte auf der Stelle Betrug. »Zehn Euro für

das Gepäck? Und das Ticket kostet zwanzig?!«, fragte ich kriegerisch.

»Nein, nein, das Gepäck ist umsonst. Die zehn Euro sind die Strafe für deine Ruppigkeit angesichts der Gastfreundlichkeit der bosnischen Transportunternehmen«, sagte er lachend.

Ich spürte, dass ich rot wurde; ich lächelte etwas verschämt, senkte den Blick und nahm mir ein Bonbon. Ich kam mir vor wie mit sieben, als ich folgsam und gesittet, in einem von Nana gehäkelten bernsteinfarbenen Kleidchen, die Hand ausstreckte, um ein Stück Schokolade entgegenzunehmen. Immer, wenn ich nicht weiterweiß, kommt das kleine Mädchen zum Vorschein, das sich immer zu benehmen versteht, sich bei allen beliebt macht, damit ihr alles verziehen wird, vor allem die Fehler, die es gar nicht begangen hat.

Wir setzten uns in die letzte Reihe, auf einmal ausgelassen wie Kinder, die einen Ausflug machen. Ich drückte mich links ans Fenster, Zelig rechts, und Candide machte sich zwischen uns breit. Er fühle sich superwohl, behauptete er, je enger, desto lieber, in einem breiten Bett fühle er sich einsam.

»Also«, begann Zelig, »was habt ihr für ein Geheimnis?«

Ich deutete mit dem Daumen auf Candide.

Der schwieg eine ganze Weile. Dann sagte er: »Ich mache kein Examen.«

»Wieso, solltest du Examen machen?«, fragte Zelig.

»Nein, natürlich nicht. Das heißt, der Mutter und Lania hab ich gesagt, dass ich demnächst ...«

»Wusste ich gar nicht«, sagte Zelig.

»Na gut, das war's schon.«

»Was für ein Geheimnis soll das denn sein?«, fragte Zelig verständnislos.

»Das Geheimnis ist, dass ich behauptet habe, es fehlten mir nur noch zwei Prüfungen, und in Wirklichkeit hab ich nur zwei gemacht.«

»Ah, in den ganzen Jahren nur zwei Prüfungen? Dann machst du nicht nur kein Examen, sondern fängst überhaupt erst mit dem Studium an!«

»So ist das nicht. Ich habe die ganzen drei Jahre alle Vorlesungen besucht.«

»Ja, und ich hab drei Staffeln meiner Lieblingsfernsehserie gesehen!«

»Was hat das damit zu tun?«

»Nichts, so wenig wie Vorlesungen besuchen mit Prüfungen machen.«

»Die Mutter weiß es nicht ...«

»Ach du Scheiße. Das ist natürlich blöd ... Wann sagst du's ihr?«

»Ich hoffe, dass Lania es ihr sagt.«

»Vergiss es«, murmelte ich im Halbschlaf.

»Das bringst du nicht über dich«, antwortete Candide.

»Vergiss es, ich will damit nichts zu tun haben.«

»Also?«, fragte Zelig.

»Ich sag's ihr, wenn wir wieder in Italien sind.«

»Willst du denn weiterstudieren?«, fragte ich.

»Ich glaube schon. Aber ich bräuchte vielleicht ein Jahr Pause.«

»Noch ein Jahr? Die letzten sechs Jahre haben nicht gereicht? Du hast die ganze Zeit nichts getan, du hättest du dir mal Gedanken machen können«, sagte ich.

»Wie soll man sich Gedanken machen, wenn man im Stress ist? Ein Jahr Pause heißt genau das: Pause. Totale Entspannung!«

Ich wurde laut. »Stress? Zwei Prüfungen in sechs Jahren nennst du Stress?«

»Natürlich ist das Stress. Die Mutter fragt mich nach jeder Prüfung aus, ich musste sämtliche Prüfungsfragen auswendig lernen und die Antworten dazu! Kannst du dir vorstellen, was das an Zeit kostet?«

»Du hast die Fragen und die Antworten gelernt? Wär's nicht einfacher gewesen, gleich die Prüfung zu machen?«

»Wahrscheinlich schon«, antwortete er. Er nahm den Kopf zwischen die Hände, massierte sich die Schläfen. Rieb sich die Lider, schloss sie und öffnete sie wieder, fuhr sich mit beiden Händen über den Schädel und verschränkte die Finger im Nacken, lehnte sich zurück und stieß heftig die Luft aus. »Vielleicht will ich doch ein anderes Fach studieren«, sagte er schließlich.

»Was denn?«, fragte Zelig.

»Weiß ich noch nicht. Ich brauche wirklich ein Jahr Pause.«

»Dir ist schon klar, dass du während deines sogenannten Sabbatjahrs als Maurer arbeiten wirst oder in einer Bäckerei, oder? Wir sind nicht so reich, dass wir Sabbatjahre finanzieren können!«, warnte ich ihn.

»Weiß ich«, antwortete er resigniert. »Tatsache ist, dass

die Medizin mir nichts gibt. Wisst ihr noch, wie ich als Kind von Dinosauriern besessen war?«

»Oh nein, bitte sag jetzt nicht, dass du Dinosaurologe werden willst!«, rief ich.

»Gibt's das wirklich?«, fragte Zelig überrascht.

»Keine Ahnung!«, antwortete ich genervt.

»Ich sage doch nur, dass ich vielleicht zu meinen wahren Träumen zurückkehren sollte.«

»Na, ich würde schon meinen, dass die Medizin besser ist als die Dinosaurologie ...«

»Besser für wen?«, fragte er.

»Für dich, für die Welt!«

»Für wen?«

»Wahrscheinlich für mich«, sagte ich schließlich.

»Ich will kein Geld von dir!«

»Darum geht's nicht.«

»Darum geht's wohl!«

»Vielleicht«, gab ich zu. Und fuhr fort: »Aber dein Versprechen, kein Geld zu verlangen, taugt nichts. Tatsache ist, dass ihr zwar nie konkret was verlangt, aber mich immer wieder in die Situation bringt, dass ich euch was geben will.«

»Keine Sorge, ich werde dich um nichts bitten. Ich mache ein Sabbatjahr, in dem ich in der Bäckerei arbeite, und wenn ich herausfinde, was ich wirklich studieren will, suche ich mir einen Job, um das Studium zu finanzieren. Vielleicht werde ich Nachtportier ...«

»Siehst du, jetzt tust du es schon wieder!«

»Was denn?«

»Du spielst das Opfer, weil du weißt, dass du mir nur ein schlechtes Gewissen einreden musst.«

»Das, Schwesterchen, ist allerdings *dein* Problem«, mischte sich Zelig ein.

»Ja, früher oder später mach ich mich davon frei, dann werdet ihr sehen!«

»Da wär ich mir nicht so sicher; das schaffen nur die Besten«, kommentierte Zelig.

»Ihr werdet euch wundern.«

»Du jedenfalls, Bruder, bist einfach zu intelligent, um zu studieren«, sagte Zelig.

»Weiß ich!«, gab Candide zurück.

Ich lehnte den Kopf an die kalte Scheibe und dachte wieder mal, dass ich irgendwohin verschwinden musste, weit weg von allem. Es war Donnerstagmorgen, die Sonne war schon aufgegangen; um halb drei Uhr nachmittags wären wir in Sarajevo und um acht Uhr abends dann endlich am Ziel, in dem Haus, in dem unsere Großeltern gewohnt hatten, in dem die Mutter geboren und aufgewachsen war, in dem ich die wesentlichen Lektionen der Kindheit gelernt hatte.

Dieses Haus zog uns an und stieß uns ab, es war ein ewiger Kampf zwischen Verdrängung und Erinnerung. Aus der Tiefe der Jahre erhob sich die Stimme des Großvaters, der uns telefonisch mitteilte, dass der Abreisetag der 4. März sei.

Am 4. März 1998 luden Großvater und Nana das Gepäck ins Auto und machten sich auf die Reise nach Hause. Zum ersten Mal nach sechs Jahren Krieg und Flüchtlingsdasein erlebten sie etwas, was der Freude sehr ähnlich war. Echtes Glück würde es nie mehr geben, das hatten sie akzeptiert, aber auf dieser Reise fühlten sie sich wie zwei Veteranen, die sich eine zweite Chance verdient hatten. Es war keine leichte Entscheidung gewesen. Viele Monate hatten sie darüber gesprochen, immer abends im Bett, im Dunkeln. Niemals tagsüber – das war so etwas wie ein Geheimnis, das ihnen allein gehörte, den meisten unverständlich, wie überhaupt viele ihrer Entscheidungen in den letzten Jahren. Zum Beispiel hatten sie sich nie allzu weit von ihrer belagerten Stadt entfernen wollen. Jedes Ansinnen, im Ausland Asyl zu suchen, hatten sie von sich gewiesen, weil sie zwei Kinder in der Stadt hatten und ihnen so nah wie möglich bleiben wollten, um auf sie zu warten. Den beiden anderen Kindern hingegen hatten sie zugeredet, sich möglichst weit fort eine bessere Zukunft zu suchen, was sie – wir – dann ja auch taten. Die Großeltern blieben hundert Kilometer von ihrer Heimatstadt entfernt in einer Flüchtlingsunterkunft, einer Schule, in der sie zusammen mit vielen anderen in einem Klassenzimmer schliefen, aneinandergeschmiegt und die zwei Koffer mit ihren gesamten Habseligkeiten an sich gedrückt. Tagsüber hörten sie andauernd Radio, nachts trösteten sie einander wegen der Nachrichten des Tages.

Im Herbst 1996 zogen sie in eine Einzimmerwohnung im selben Ort, rund hundert Kilometer von ihrer Stadt entfernt, die nicht mehr belagert wurde, weil der Krieg vorbei war, doch vor dem Ende hatte er noch zwei ihrer

Kinder verschlungen, zwei Söhne, ohne wenigstens ihre Leichen zurückzugeben. Zwischen diesen vier Wänden harrten sie aus. Erst in vollständigem Schweigen, denn für ihren Schmerz gab es keine Worte. Sie erkannten sich nicht wieder in dieser tiefen Trauer, oder vielleicht erkannten sie sich auch zu gut; um wieder heil zu werden, konnten sie nur vor sich selber fliehen. Sie überlebten und begannen ihr Leben wiederaufzubauen. In der unbehaglichen Enge der anonymen und fremden Einzimmerwohnung kehrten sie in Gedanken zu ihrem Haus zurück, und sie hatten das Gefühl, dass ein Neuanfang nur dort stattfinden könne. So vieles hatten sie verloren und hatten jetzt nicht einmal mehr den Ort, der von ihnen erzählte, von dem, was sie gewesen waren, hatten keinen Mittelpunkt, an dem sie das Leben, das ihnen noch blieb, verankern konnten, so gut es eben ging. Nachts, wenn die Lampe gelöscht war, fragten sie sich und einander: Hältst du es aus zurückzukehren? Hältst du es aus, immer anderswo zu sein?

So fiel irgendwann die Entscheidung, und an jenem 4. März machten sie sich dann auf den Weg, nicht fröhlich, doch immerhin hoffnungsvoll. Vielleicht übertrieben hoffnungsvoll. Was genau sie sich erhofften, wussten nur sie: Optimisten schaffen es nun einmal nicht, die Flinte ins Korn zu werfen. Aber auf das, was sie zu sehen bekamen, nachdem sie das Auto abgestellt hatten und ausstiegen, waren sie nicht gefasst.

Der Großvater sagte später, ihr Haus habe ausgesehen wie ein zahnloses Ungeheuer mit schwarzen Augen: gestützt von angesengten Mauern, ohne Fenster, vollkommen ausgeräumt bis auf den braunen Fernseher, der mitten im Wohnzimmer stand, das Spülbecken in der Küche und den Warmwasserboiler. Hoch erhobenen Hauptes luden sie ihr spärliches Gepäck aus dem Auto und trugen es ins Haus.

In den sechs Jahren ihres Flüchtlingsdaseins hatten sie kaum Besitz erworben: Wann immer wir ihnen etwas kaufen wollten, hatten sie abgelehnt – nachdem sie alles verloren hätten, sagten sie, hätten sie nicht die Absicht, noch einmal den idiotischen Fehler zu machen, sich mit überflüssigem Zeug zu umgeben. Jede Andeutung von uns, sie hätten es doch bequemer, wenn sie sich das eine oder andere schenken ließen, wurde mit lapidaren Sätzen niedergebügelt wie: »Das Leben ist nicht bequem. Wenn wir irgendwas wollen würden, dann sicher keine neue Matratze.« Wenn wir dann fragten, was sie sich denn sonst wünschten, antworteten sie schlicht: »Sie könnten uns wenigstens die Leichname übergeben. Sie hätten sie suchen können.«

Das ließ uns verstummen. Wir hatten Waschmaschinen, bequeme Matratzen im Sinn, suchten nach Hilfsmitteln, um den Schmerz zu überdecken, sie aber ließen uns nicht, sie blieben immer wachsam; dickköpfig selbst im Schmerz.

Sie standen vor der Haustür, in der Hand die Schlüssel, die sie all die Jahre hindurch aufbewahrt hatten wie ein Versprechen, dass eines Tages alles wieder normal wäre, die Garantie, dass man einen Wohnsitz hatte und einen festen Platz im Leben. Es brauchte aber keinen Schlüssel, da war nichts aufzusperren: ein leichter Stoß mit der Hand, und die Tür ging auf. Sie traten ein: der Flur, links das Bad, rechts die Küche, das Wohnzimmer, eine Kammer, links noch ein Zimmer und ganz hinten das Elternschlafzimmer. Türen gab es nicht mehr. Der Großvater lehnte sich erschöpft an die Wand und fuhr mit den Fingern über die verstaubten Türangeln. Uns erzählte er später, dass ihm diese leeren Angeln am meisten wehgetan hätten, mehr als alles andere. Vielleicht wäre ihnen nach Schreien zumute gewesen; sie gingen aber nur stumm durch das verwüstete, geplünderte Haus. Sie betraten die Zimmer, in denen ihre vier Kinder gewohnt hatten: keine Spur mehr von Grammofonen, Platten, Büchern oder Schulheften, Postkarten, Comics. Tags darauf riefen sie uns an, um mitzuteilen, dass sie das Angebot eines Betts mit Matratze annehmen würden.

Es folgten Monate, nein Jahre hektischer Aktivität, die dem Wiederaufbau ihres Hauses gewidmet waren.

Es ging nicht darum, einfach wiederherzustellen, was der Krieg und die Zeit zerstört hatten, vielmehr betrieben sie die systematische Wiedererweckung der Vergangenheit. Innerhalb von Wochen hatten die Großeltern herausgefunden, dass ein großer Teil ihres Mobiliars nicht irgendwo gelandet war, jenseits der Grenze, sondern sich auf die Häuser der Nachbarschaft verteilt hatte. So wie die Folterknechte, die ihre beiden Söhne und den Schwiegersohn auf dem Gewissen hatten, nur wenige Meter von ihnen entfernt lebten, so verstaubten auch ihre Teppiche und Sofas in den Nachbarhäusern – man musste nur herausfinden, wo genau, aber das war nicht besonders schwer, denn die natürliche Neigung des Menschen zum Tratsch rottet der Krieg nicht aus.

»Wir wollen unsere Sachen wiederhaben, und wir holen sie uns zurück«, verkündete der Großvater am Telefon. Nichts halfen unsere Einwände, Warnungen, Fragen wie: »Ist euch eigentlich klar, mit wem ihr's zu tun habt?«, »Wollt ihr euch umbringen lassen?« Genauso wenig wie unsere emotionalen Erpressungsversuche. Besessen von ihrer Suche nach der verlorenen Zeit, waren sie taub für alle Argumente.

»Wollt ihr wirklich einen neuen Krieg anzetteln, um euren Ofen und euren Ohrensessel zurückzuholen?«, fragte die Mutter ungläubig.

Unsere Sorgen erwiesen sich aber als unbegründet, denn, so der Großvater, sie hätten keineswegs die Absicht, sich ihr Hab und Gut mit Gewalt zurückzuholen. Vielmehr hätten sie vor, es zurückzukaufen: und wir sollten ihnen dabei helfen; es gehe schließlich auch um unsere Würde.

»Würde?«, schrie die Mutter. »Ist es Würde, Diebesgut zurückzukaufen? Ist es Würde, Leute zu bezahlen, die einem die halbe Familie massakriert haben?«

In gewisser Weise war es Würde, ja. Und vielleicht aus demselben Grund, aus dem wir wissen wollten, wo das Massengrab war, in dem die Überreste unserer Angehörigen lagen.

Natürlich setzten sie sich durch, die Großeltern. Mit

ein paar Ziegelsteinen und Gips stopften sie die Löcher in den Wänden, der Onkel half beim Streichen und setzte Fenster und Türen ein. Mithilfe beiläufiger Unterhaltungen im Supermarkt, im Krankenhaus, in der Schlange vor dem Postschalter rekonstruierten sie den Lageplan ihres Mobiliars und erwarben es Stück für Stück zum zweiten Mal. Während der Großvater sich um seinen privaten Möbelkauf kümmerte, häkelte Nana Deckchen und suchte Familienfotos zusammen, die sie rahmte und an die Wand hängte. Während der Großvater einen hölzernen Briefkasten zimmerte und weithin sichtbar ihre muslimischen Namen anbrachte, jätete Nana das Unkraut im Garten und pflanzte Rosen. Beide barfuß, der Großvater mit kniehoch aufgekrempelten Hosenbeinen, Nana mit geschürztem und in den Bund gestecktem Rock, wuschen sie im Hof die Teppiche. Mit Gießkanne und Waschmittel, das nach Maulbeeren roch, beseitigten sie die Spuren fremder Leute, und als die Teppiche getrocknet waren, legten sie die Zimmer damit aus, damit sie das Haus mit ihrem Duft erfüllten. Nun roch es gleichzeitig nach Vergangenheit und Frische.

Innerhalb weniger Jahre sah das Haus wieder genauso aus wie früher. Vielleicht allzu sehr. Das war das Unheimliche daran; unmöglich, das zu übersehen. Das Haus war wieder wie früher; der Rest nicht.

Das dürfte auch den Großeltern nicht entgangen sein, wenn sie sich zum Essen an den Tisch setzten, wenn sie abends auf dem Sofa fernsahen, wenn es draußen an der Tür klopfte und in ihren Augen sekundenlang die unauslöschliche Hoffnung aufleuchtete, wenn sie unter den immer gleichen Blicken der Fotografien an der Wand zu Bett gingen.

Als die Euphorie des Wiederaufbaus abgeklungen war, fanden sie sich in einer Scheinnormalität wieder und fühlten sich betrogen wie Touristen, die durch die moderne Rekonstruktion eines mittelalterlichen Dorfes spazieren. Und weil sie nicht wussten, wem sie die Schuld dafür geben konnten, bestraften sie sich gegenseitig für ihre Wut, ihren Groll.

Es stimmt nicht, dass die Liebe alles aushält, jedenfalls stimmte es nicht bei meinen Großeltern. Jeder verliert auf seine Weise. Auch den Verlust eines Kindes erlebt jeder auf seine Weise – in ihrem Fall waren es sogar zwei Kinder –, und es kommt nicht so selten vor, dass man darüber auch einander verliert. Hätte es wenigstens ein Grab gegeben, hätten sie einander dort getroffen, hätten einen gemeinsamen Ort für ihre Trauer gehabt. Aber nicht einmal dieser Trost war ihnen beschieden.

Wieder packten sie ihre Sachen, verriegelten Türen und Fenster und löschten das Licht, das Haus versank im Dunkeln, und sie reichten die Scheidung ein.

Der Bus setzte sich in Bewegung. Aus dem Radio plärrte bosnische Schlagermusik: Wie immer versetzten mich die Motive in eine primitiv-romantische Stimmung, deren ich mich nicht wenig schämte.

Mein Handy vibrierte, es war eine Nachricht von der Mutter. Sie seien schon im Haus des Onkels angekommen, tränken Kaffee, der Großvater weine ununterbrochen, und der Junge, Giovanni, habe sich als sehr viel wacher und weniger depressiv erwiesen, als man sie habe glauben machen wollen.

Wenn ich die Augen schloss, konnte ich sie vor mir sehen, wie sie auf den diversen Sofas saßen, die Mutter vielleicht auf dem Boden, dem weichen weinroten Teppich, Zuckerwürfel in den Kaffee tunkend. Ich sah sie mit abgewinkelten Knien auf den Fersen sitzen, und ihr Gesicht hatte den verblüfften Ausdruck, den sie als junges Mädchen auf Fotos hatte und der auch heute noch gelegentlich zum Vorschein kommt – Beweis dafür, dass die Zeit unserem innersten Kern nichts anhaben kann. Ich stellte mir vor, dass sie ganz ruhig war, wie immer, wenn sie mit Vater und Bruder zusammen war, den einzigen Menschen, die ihr die Last von den Schultern nehmen konnten; sie nahmen sie ihr ab und stellten sie irgendwo ins Eck, und für eine Weile war sie frei und konnte wieder das Mädchen von den Fotos werden.

Das wird das Erste sein, was ich tue, nahm ich mir vor. Ein türkischer Kaffee, wie der, den ich beim letzten Mal zubereitet hatte und der perfekt geworden war: ein Deckel aus cremigem Schaum und darunter die pechschwarze Flüssigkeit. Ich werde das Radio einschalten, und wenn ich Glück habe, wird die sinnliche Stimme des Moderators von Radio Sarajevo ertönen, dann setze ich mich auf den Balkon und warte, bis das Kaffeepulver sich gesetzt hat, nehme einen Zuckerwürfel aus der Milchglasschale und tauche ihn langsam und vorsichtig ein und sehe zu, wie das Schwarz sich ausbreitet und den Zucker färbt, und ich bemühe mich, ihn so lange wie möglich festzuhalten, denn ich muss genau den richtigen Moment erwischen: wenn er weich genug ist, aber noch nicht zu zerbröseln beginnt oder sich gar auflöst. In diesem Moment stecke ich ihn in den Mund. Auf der Zunge löst er sich auf, und ich nehme einen bitteren Schluck Kaffee, sodass sich, immer noch auf der Zunge, Süß und Bitter vermischen und gemeinsam durch die Kehle fließen, während kleine widerstandsfähige Zuckerkörnchen den Gaumen kitzeln. Und das mache ich immer wieder – ich höre nicht eher auf, als bis das türkische Kaffeekännchen leer ist oder ich Diabetes kriege. Dann zünde ich mir eine Zigarette an und stelle das Tässchen umgekehrt auf die Untertasse, äußere einen Wunsch und lasse das Schicksal sich in den Kaffeesatz einschleusen und mir die Zukunft zeigen. Ich hole tief Luft und blicke auf die Straße hinaus. Irgendwann kommt der Großvater heraus, hebt die Tasse auf, zieht seine Brille aus der Hemdtasche, setzt sie auf und beginnt mit konzentriert gerunzelter Stirn: Also, hier sehe ich …

Der Großvater war sein Leben lang überzeugter Kaffeesatzleser. Das sei, behauptete er, eine angeborene Begabung, und er habe sie von seiner Mutter, die sie ihrerseits von ihrer Mutter geerbt habe, und die wiederum von seiner, Großvaters, Urgroßmutter, und so weiter bis ins frühe sechzehnte Jahrhundert, in dem sich noch Spuren unserer hellsichtigen Familie fänden. An die großväterlichen Prophezeiungen hatte keines seiner Kinder je geglaubt. Mein

Onkel beschwerte sich, dass er nie auch nur den geringsten Lottogewinn hingekriegt habe, die Mutter behauptete, ihr Vater benutze das Tassenlesen als erzieherische Maßnahme, indem er alles, was er seinen Kindern habe beibringen wollen, als Schicksalsweisung in Gestalt eines Kaffeesatzverlaufs ausgebe.

Wir Enkel hingegen schenkten seiner Hellseherei sehr viel, vielleicht zu viel Vertrauen, was daran gelegen haben mochte, dass er uns die wunderbarsten Szenarien ausmalte.

Die Augen zusammengekniffen, um besser zu sehen, sagte er zu mir Dinge wie: »Mal sehen. Also, ich sehe, dass ein blonder, hochgewachsener junger Mann ...«

»Nein, Großvater, es gibt da niemanden ...«

»Jetzt lass mich doch ausreden! Ich sagte, ich sehe, dass ein blonder, hochgewachsener junger Mann nicht in deinem Leben vorkommt ...«

»Ach, Großvater, das ist ja toll!«

»Hingegen sehe ich, dass ein reifer Mann, mit Kittel, vielleicht ein Arzt ...«

»Nein, Großvater, ganz bestimmt nicht!«

»Stimmt, den sehe ich nicht. Aber schau mal hier, schau«, sagt er und deutet mit dem kleinen Finger auf den Tassenrand. »Siehst du?«

»Nein ...«

»Das ist ein Delfin! Das bist du! Mädchen, es gibt überhaupt keinen Grund zur Sorge ...«

Natürlich konnte der Großvater nicht Kaffeesatz lesen, er stocherte im Dunkel der Möglichkeiten unseres Lebens und förderte immer wunderbare, schmerzfreie Antworten zutage. Seine Zauberei bestand in seiner Liebe zu uns, und deshalb glaubten wir ihm gern, und wenn er falsch lag, machten wir uns nichts draus. Vielmehr rannten wir durchs Haus und schrien: »Der Großvater sagt, ich werde ein Delfin!«

»Mir hat er gesagt, dass ich ein Pferd bin, das vor lauter Galoppierlust schon halb aus der Tasse gesprungen ist!«, sagte Zelig, und Candide rief: »Und ich bin ein Adler, schlau, schnell wie der Blitz und Herrscher der Lüfte!«

Nichts wusste der Großvater vom Schicksal, er konnte nicht in die Zukunft sehen. Aber er wusste, welche Tiere zu uns passten und uns glücklich machten.

Mir wurde der Kopf schwer, sank immer wieder nach vorn, die Muskeln waren schlaff, und die Schwerkraft rief mich, nein: sie zerrte mich abwärts. Ich kapitulierte. Ich ließ mich auf die Sitzbank und in den Schlaf sinken.

»Grenzkontrolle. Ausweise bitte. Die Pässe!«

Wir fuhren auf, kramten nach unseren Ausweisen und reichten sie dem Fahrer, der durch den Bus ging und sie einsammelte. Der einzige Tourist im Bus, ein distinguierter und eleganter Japaner, schien nicht zu verstehen und wollte seinen Pass nicht herausrücken. »*What? Why?*«, fragte er immer wieder und hielt seinen Pass mit beiden Händen fest. Der Fahrer, der kein Englisch konnte, sagte nur: »*Bosnia, it's Bosnia!*« Die Auskunft beruhigte den Japaner keineswegs. Er sah sich hilfesuchend um und hegte womöglich die Befürchtung, Bosnien wolle ihn seiner Identität berauben. Das kommt vor, natürlich kommt es vor, mit manchen Gegenden ist nicht gut Kirschen essen.

Wir kamen ihm zu Hilfe, woraufhin er, immer noch widerstrebend, langsam die Hand ausstreckte und sich von seinem Pass trennte. Der Fahrer wiederum schüttelte missbilligend den Kopf, stieg aus und ging auf die Soldaten zu, die vor dem grauen Zollhäuschen standen. Ich bemühte mich, sie nicht anzustarren: Ich hatte eine tiefsitzende Furcht vor Grenzen und wollte nicht auf mich aufmerksam machen.

Der Fahrer rauchte und plauderte mit dem einen Soldaten, während der andere sich in sein Häuschen zurückgezogen hatte, um unsere Ausweise einen nach dem anderen zu überprüfen.

Luxuskarossen mit deutschen, österreichischen, holländischen Kennzeichen zogen an uns vorbei, aus den Fenstern schauten typisch bosnische Gesichter zu uns herüber. Typisch war auch der Stolz in diesen strahlenden Urlaubergesichtern. Mit solchen Trophäen in der Heimat aufzutauchen konnte für die Zurückgebliebenen nur eines bedeuten: Man hatte es geschafft.

Ich musste lächeln, fast gerührt von so viel Eitelkeit. Meine Reaktion war kein Urteil; ich kämpfe ja denselben Kampf, wenn auch auf anderen Gebieten. Vielleicht spielen wir alle dasselbe Spiel – wir wollen der Welt demonstrieren, dass wir jemand sind, dass wir Erfolg haben. Mühsam ist das Leben nur deshalb, weil wir unter andauerndem Leistungsdruck stehen. Leider hat uns niemand beigebracht, auch einmal einen Misserfolg zu akzeptieren.

Dabei ist das Scheitern so unvermeidlich wie der Tod; wir aber leben in der Illusion, es existiere nicht, auch wenn es unübersehbar ist. Wir leben gedankenlos. Wir scheitern gedankenlos. Wir sterben gedankenlos. Und so wird alles, was wir sind, letztlich zu einem Aufmerksamkeitsdefizit.

Nach gut zehn Minuten bekamen wir unsere Ausweise zurück, die beiden Fahrer, die jetzt die Plätze tauschten, stiegen wieder ein, der ausgeruhte setzte sich ans Steuer und ließ den Motor an.

»Hey, wir sind in Bosnien!«, sagte Zelig glücklich.

Candide reagierte nicht; er starrte aus dem Fenster, als suche er nach Anhaltspunkten, die ihm das Gefühl gaben, er sei *heimgekommen*, aber sein Blick glitt nur dahin, hielt nie inne, fand nichts Vertrautes.

»Wann warst du denn zuletzt in Bosnien?«, fragte ich.

»Das war, als die Tante uns derart vollstopfte, dass ich in acht Tagen sechs Kilo zugenommen habe.«

»Das war in den Ferien, in denen du unbedingt die Ziege Hasna an der Leine spazieren führen musstest«, ergänzte Zelig.

»Wahrscheinlich«, sagte Candide und lächelte bei der Erinnerung.

Das tat er damals mit Begeisterung: Andauernd führte er die ungeeignetsten Tiere durchs Dorf, angefangen mit den Entenküken, die er als Kind an einer Schnur spazieren führte.

»Ich muss euch was sagen«, begann Zelig.

»Dauert's länger?«, fragte Candide.

»Weiß ich nicht.«

»Wenn du so anfängst, dauert es ewig. Verschieb es auf später, ich will jetzt schlafen!«, antwortete Candide und faltete sich in Embryoposition auf dem Sitz zusammen.

Wir zuckten beide die Achseln, Zelig und ich, und bald schliefen auch wir wieder.

»Nescafé?«

Erschrocken machte ich die Augen auf und sah den dürren Langen vor mir stehen. Ich nickte in jäher Geistesgegenwart, ehe ich mir wieder eine Strafe für Unhöflichkeit gegenüber dem bosnischen Verkehrsverbund einhandelte – tatsächlich war ich noch nie, in keinem Land, in dem ich bisher gewesen war, von einem öffentlichen Transportunternehmen derart freundlich und zuvorkommend behandelt worden. Der Fahrer reichte mir von seinem Tablett einen kochend heißen Pappbecher. Candide rappelte sich auf und nahm sich ebenfalls einen, während Zelig schlaftrunken und verwirrt auf den heißen Kaffee starrte, den er unerwartet in den Händen hielt.

Wir sahen einander an, alle drei mit Tränensäcken unter den Augen, alle gleich, genetisch eben, irgendwie süß.

»Ich hab was völlig Irres geträumt«, sagte ich und riss die Augen auf. Ihre Mienen zeigten nicht das geringste Anzeichen von Interesse, aber ich musste Träume immer sofort erzählen, der erstbesten Person, die zuhörte.

»Ich hab geträumt, dass ich auf einer Art Steg stand, aber der hatte keine Verbindung mit irgendwas, er schwebte einfach mitten in der Donau, rings herum waren nur Fluss und Strömung und eine gewaltige Wassermasse, die auf mich zukam, aber ich hatte keine Angst, ich ließ mich einfach treiben, das war fantastisch!«

»Ein Floß«, sagte Zelig verschlafen.

»Was?«

»Es gibt keine Stege, die mit nichts verbunden sind, Brücken definieren sich dadurch, dass sie an zwei Punkten fest aufliegen, folglich warst du auf einem Floß«, präzisierte er mit geschlossenen Augen.

»Schon gut, aber darum geht's ja nicht, es geht darum, wie ich mich gefühlt habe mitten in der Donau, während wir auf dem Rückweg nach ...«

»Geografie null, oder?«, unterbrach er mich.

»Wieso?«

»Die Donau fließt nicht durch Bosnien.«

»Mann! Das ist doch ein *Traum*, das ist symbolisch! Da ist Donau nicht gleich Donau und Steg nicht gleich Steg!«

»Ah, okay. Nichts ist nichts. Dein Unterbewusstsein hat Angst vor, was weiß ich, der Una oder der Save und außerdem vor Flößen, übt daher Selbstzensur und projiziert symbolisch auf ...«

»Gut, geschenkt. Ich wollte euch meinen Traum erzählen, aber wenn ihr euch nur für die reale Geografie interessiert ...«

»Sorry, Lania, ich bin todmüde. Reden wir später weiter ... Ist aber wirklich sehr interessant«, sagte er, kicherte ein bisschen und wollte weiterschlafen.

»Du rächst dich nur, weil wir dir vorhin nicht zugehört haben, als du was erzählen wolltest«, antwortete ich.

»Na klar…«

Candide hatte sich überhaupt völlig herausgehalten und keinen Ton gesagt; er hatte seinen Nescafé geleert und war gleich darauf wieder eingeschlafen.

Ich erlag meiner Müdigkeit gelegentlich, aber immer nur kurz – ebenso oft riss es mich zurück in die Realität des Busses, in dem unerträgliche Kleinkinder kreischten wie hysterische Hennen, Männer unbestimmten Alters, die Stirn gegen die Rückenlehne ihres Vordermanns gestützt, einen schwankenden Schlaf schliefen, Frauen mit unerschütterlich mütterlicher Miene belegte Brote aus Folien wickelten und ihren auf den Sitzen turnenden Kindern aufnötigten.

Ein Jugendlicher rief immer wieder, fast wie ein Mantra, dem Fahrer durch den Bus zu: »Bruder, so geht das nicht! Schon zwei Stationen, die du uns nicht zum Rauchen aussteigen lässt! Bei der nächsten aber, okay, bitte?«

Der Fahrer zwinkerte ihm im Rückspiegel zu und grinste.

Der Junge schüttelte unwillig den Kopf, und ein graumelierter Mann sprang ihm bei: »Wirklich wahr, wo gibt's denn so was – seit zwei Stunden keine Zigarettenpause!«

Der Junge zuckte resigniert die Achseln, als hätte ihn das Leben mit einer schrecklichen, unvermeidlichen Wahrheit konfrontiert. Aber es hatte sich tatsächlich etwas verändert – früher hatten die bosnischen Busse wenigstens einmal in der Stunde gehalten, damit die Leute rauchen konnten. Auf so einer sechs- oder siebenstündigen Fahrt fasste ich meist den festen Entschluss, mit dem

Rauchen aufzuhören, denn wenn ich am Ziel war, war mir schlecht von den vielen Zigaretten.

Die Frau vor mir drehte sich um und lächelte mich an. Ich erwiderte ihr Lächeln.

»Lebt ihr in Italien?«, fragte sie.

»Ja.«

»Das hört man«, sagte sie. »Mein Sohn hat auch viele Jahre in Italien gelebt, er hat in Bologna studiert und sogar die italienische Staatsbürgerschaft angenommen, aber dann kam er doch zurück und wohnt jetzt schon ein paar Jahre in Zenica. Wir sind nämlich aus Zenica. Und seitdem er hier ist, fühlt er sich der Diaspora zugehörig und bezeichnet sich als Auslandsitaliener. Kannst du dir das vorstellen?«

Ich lächelte; das konnte ich mir sehr gut vorstellen.

Eine halbe Stunde später kamen wir in eine Ansiedlung, die dem Ortsschild zufolge Jajce hieß. Suada, meine Grundschullehrerin, hatte uns, als gute Genossin, die sie war, sehr gern mit diesem Jajce gemartert. Und während uns die Lehrerin in staatstragendem Ton erklärte, dass dort, in Jajce, die Geburt Jugoslawiens im November 1943 stattgefunden habe, stellte ich mir bei jeder Nennung dieses Namens zwanghaft eine zerbrochene Eierschale vor, aus der ein Küken schlüpft – nicht etwa wegen meiner überbordenden Fantasie, sondern weil *jajce* Ei heißt: Vor meinem geistigen Auge sah ich die Schale bersten und das Küken den faschistischen Invasoren stolz den Kopf entgegenrecken.

Und während wir in den Busbahnhof von Jajce einfuhren, dachte ich darüber nach, wie seltsam es ist, dass man von manchen Dingen weiß, wann und wo sie geboren wurden, aber nicht, wann und wo sie gestorben sind.

Wo ist Jugoslawien gestorben? Vielleicht nicht nur an einem einzigen Ort. Und mit Jugoslawien sind *sie* verschwunden – wohin, erfuhren wir nie.

Mit diesem Staat verschwanden auch wir, die dreiundzwanzig Millionen Individuen, die sich Jugoslawen genannt hatten; dieses Wir wurde von den geopolitischen Landkarten gestrichen und innerhalb der viel engeren Grenzen unserer kleinen unabhängigen Republiken neu verteilt, und die anderen, die neuen Feinde, waren immer in der Überzahl. Aus dem Wir etwas Anderes, aus ehemaligen Brüdern erbitterte Feinde. Sogar die Sprache, die wir gesprochen hatten, unser Serbokroatisch, gab es nicht mehr; man fand, dass sie einen anderen Namen brauchte, nein: mehrere andere Namen, damit man uns nicht verwechseln könne. Folglich gaben wir ein und derselben Sprache drei neue Namen, wir erfanden auch neue Begriffe, um einander unverständlich zu werden, andere wiederum wurden verbannt, um die Geschichte ungeschehen zu machen, um aus unserer Mischkultur neue, reine, gesäuberte Identitäten herauszufiltern und diese fortan durch Abschottung vor Kontamination zu schützen.

Wir vier, Mutter und drei Kinder, machten uns dann auf den Weg und wurden vier Flüchtlinge in fremdem Land: Bosniaken in Italien, Nicht-EU-Bürger in Europa. Wir ließen uns von der Welt, der wir begegneten, durchdringen; das Andere kam in Form einer neuen Sprache, in der Gestalt einer zusätzlichen Staatsangehörigkeit. Unsere Identität erweiterte und vermischte sich noch einmal, und unsere Balkanisierung wurde unterbrochen.

Als wir in Jajce hielten, kamen die Raucher unter uns endlich auf ihre Kosten in Form einer zehnminütigen Pause. Auch meine Brüder stiegen aus, um zu rauchen und etwas zu essen zu kaufen.

Als sie zurückkamen, warf mir Zelig etwas hin, das sich als meine Lieblingsschokolade erwies, »Tutti frutti«, mit Trauben, Mandeln, Pinienkernen und Haselnüssen, und in der gleichen historischen Verpackung wie eh und je.

»Danke!«, rief ich, überrascht, dass sie sich noch an meine einzige Schokoladenleidenschaft erinnerten.

Ich wickelte sie aus und biss hinein wie in ein Sandwich.

»Also nein«, sagte Zelig. »Das ist ja widerlich.«

Ich lächelte.

»Deine Zähne sind voller Schokolade«, sagte Candide. »Als wärst du drei.«

»Wollt ihr?«, fragte ich und hielt ihnen die angebissene Tafel hin.

»Nicht mal im Traum«, antwortete Zelig.

Es war fast Mittag. Nach den endlosen Stunden im Bus war der Schmerz in meinem Bein schlimmer geworden und hatte sich vom Oberschenkel auf den Rücken ausgedehnt. Die Schnittwunde am Daumen pochte, aber ich wagte nicht, den Verband abzumachen und nachzuschauen. Es graust mir entsetzlich vor bloßem Fleisch, vor den Schichten, aus denen wir bestehen, den unkontrollierbaren Abgründen, die sie verkörpern.

»Ich habe gekündigt und ziehe zurück nach Bosnien«, verkündete Zelig aus dem Nichts heraus.

»Was?!«, riefen wir im Chor.

»Ich wollte es euch schon länger sagen. Ich wusste nur nicht, wie.«

»Aber warum denn?«, fragte ich.

»Weil ich es satthabe«, sagte er entwaffnend.

»Und was willst du in Bosnien machen?«, fragte Candide.

»Weiß ich noch nicht, aber ich spüre, dass ich hier sein muss. Eine Art Neustart.«

»Und wo in Bosnien?«, fragte ich.

»Ich frage den Großvater, ob ich in seinem und Nanas Haus wohnen kann. Jetzt steht es sowieso leer. Ich kann es ein bisschen herrichten, Blumen auf die Terrasse pflanzen, einen Gemüsegarten anlegen, einfach wieder Leben hineinbringen. Die Großeltern haben so viel Arbeit hineingesteckt, erst um es zu bauen, und dann um es wieder instandzusetzen. Es ist nicht schön, ein Haus leer stehen zu lassen. Es gibt mir das Gefühl, als käme ich nirgendwoher.«

»Kannst du das überhaupt, Gemüse anbauen?«, fragte Candide zweifelnd.

»Das lerne ich!«

»Und wovon willst du leben?«

»Ich brauche nicht viel, wenn ich keine Miete zahlen muss und einen Gemüsegarten habe ...«

»Aber warum?«, fragte ich noch einmal.

»Weil ich das Gefühl habe, dass ich mich im Kreis drehe und nicht weiß, wieso das so ist, und weil's mir nicht gut geht.«

»Inwiefern geht's dir denn nicht gut?«, fragte Candide und bemühte sich, seine keimende Sorge hinter einem spöttischen Lächeln zu verbergen.

»Ich fühle mich nirgendwo daheim.«

»Ist was passiert? Mir kommt das vor wie eine Flucht«, sagte ich.

»Mag sein, aber mir geht's wirklich nicht gut, und daher ist es eine Flucht aus dem Unglück«, schloss er langmütig.

Ich verstummte. Was sollte ich jemandem sagen, der unglücklich war, es einsah und versuchte, seinen Zustand zu ändern? Hätte ich ihn an den historischen Augenblick erinnern sollen oder an die weltweite Wirtschaftskrise? Hätte ich ihm vorhalten sollen, wie schwer es ist, Arbeit zu finden, und wie dumm, eine Stelle aufzugeben, wenn man zu den Glücklichen zählt, die eine haben? Was interessiert einen die Wirtschaftskrise, wenn man persönlich unglücklich ist?

»Wenn du meinst, dass es dir hilft, dann freut es mich für dich«, murmelte ich, nicht ganz überzeugt.

»Ja, ich muss zum Ausgangspunkt zurück. Natürlich hatte ich es anders geplant. Ursprünglich wollte ich zu Fuß gehen …«

Candide fing wie verrückt zu lachen an, er konnte überhaupt nicht mehr aufhören und lachte, bis er nach Luft rang.

»Zu Fuß von wo aus?«, fragte ich.

»Weiß ich nicht, vielleicht vom Haus der Mutter …«

»Warum?«, fragte ich.

»Weil ich es langsam tun wollte, mit der notwendigen Ruhe …«

Ich sah ihn aufmerksam an. Es war tatsächlich ein historischer Moment: die Geburt des neuen Zelig. Auf einmal fielen mir Details auf, die ich zuvor nie zur Kenntnis genommen hatte, Kleinigkeiten, die mir jetzt wie eindeutige Aspekte seiner Verwandlung erschienen. So war er, mein Bruder, immer wieder stand er aus der Asche auf und war jedes Mal stärker und fragiler und unsicherer. Er erfand sich andauernd neu. Auf Fotos sah er jedes Mal anders aus, nie war er endgültig, er war der personifizierte Wandel, der Fluss, nie der Stillstand. Er glitt einem zwischen den Fingern hindurch, und wenn man meinte, ihn packen und festhalten zu können, war er im nächsten Moment verschwunden. Er legte die ungarische Verkleidung ab und wurde zum mystischen Bauern aus Ostbosnien. Jeder Tod eines Ichs ging mit einer kurzen, leichten Depression einher, und das war der einzige Moment, in dem der Fluss ins Stocken geriet, eine kurze Erholungspause, um Anlauf zu nehmen. Unfassbar, diese Energie – wenn bei mir sich etwas änderte, ging es immer nur in winzigen Schritten vorwärts.

An diesem Tag beneidete ich sie, meine Brüder. Beide hatten eine Entscheidung getroffen und standen vor dem Unbekannten, der Wette auf den Wandel. Ich beneidete sie um ihre Dynamik angesichts meiner Trägheit. Auch ich hätte, statt immer nur auf Zehenspitzen durchs Leben zu schleichen, mir einen Ruck geben müssen.

Draußen vor dem Fenster zog Bosnien mit seinen Wäldern, Hügeln, Wiesen vorbei, mit seinen Heuballen und ausgelassenen Lämmchen, seinen wiederkäuenden Rindern im Gras, die alles mit gelassenen Kuhaugen betrachteten. Dazwischen das eine oder andere zweistöckige Häuschen, sorgfältig hergerichtet, wie kleine vergessene Schmuckstücke in der geplünderten Auslage eines Juweliers. Alles wirkte wie urlaubshalber geschlossen, als hinge an den Türen ein Schild mit der Aufschrift: »Komme gleich wieder«, bei dem man nicht weiß, ob es vor einer Minute dort aufgehängt wurde oder vor zwei Jahrzehnten. Zwischendurch tauchten aus dem Nichts die unnatürlichen mehrgeschossigen Klötze der Einkaufszentren mit farbigen Leuchtschriften und leeren Parkplätzen auf.

Der Bus schlängelte sich routiniert durch die Täler, und wohin man den Blick auch wandte, war ein Fluss, ein Bach, ein Wasserfall, ein Rinnsal, grün, braun, blau, rot. Wir Geschwister debattierten über die Herkunft des Namens »Bosnien«, erwogen die verschiedenen Thesen, und am Ende einigten wir uns sonderbarerweise darauf, dass er wohl vom illyrischen *bassinus* herstammen müsse, das »fließendes Gewässer« bedeutet.

Der Fahrer bremste auf Schritttempo ab. Vor uns bummelte ein turmhoch mit Heu beladener Traktor dahin; an Überholen war nicht zu denken. Am Straßenrand stand zerzaust und rotgesichtig ein kleines Mädchen, das herbeigelaufen war und starrte uns an, während es mit erdigen Fingern seinen Kaugummi so weit in die Länge zog, wie es ging, um ihn dann wieder aufzuwickeln und sich, schmutzig, wie er war, in den Mund zurückzustopfen. Zwei alte Frauen, die vor ihrem Haus auf einer Decke auf dem Boden saßen, riefen die Kleine zurück, doch sie achtete nicht darauf. Beide Frauen trugen farbenfrohe *dimije*, weite und bequeme Pluderhosen mit tiefem Schritt nach türkischer Art, und hatten eine rotweiß getupfte Pfanne vor sich auf einer Feuerstelle stehen. Die eine röstete Kaffeebohnen darin, während die andere, die mit weit gespreizten Beinen dasaß, mit einer kupfernen Mühle den Kaffee mahlte, um das Pulver anschließend in eine große Blechbüchse zu kippen.

Der Traktor war unterdessen in eine Ausweichstelle eingebogen und ließ uns passieren, der Bus nahm rasch wieder Fahrt auf, und als ich mich umdrehte, um zurückzuschauen, sah ich, wie uns das kleine Mädchen mit kaugummiverklebten Fingern nachwinkte.»Also der FC Parma«, fing Candide an, »braucht einfach noch Zeit zum Wachsen, dann ...«

»Dann schauen wir uns mal den aktuellen Stand an!«, fiel ihm Zelig, der eingefleischte AC-Mailand-Fan, ins Wort. »Wie oft ist er denn italienischer Meister geworden?«

Ich konnte mich nicht für ihre Diskussion erwärmen. Fußball ist schlimmer als Geschichte, es gibt andauernd Revisionen und revanchistische Forderungen.

Der schicke Japaner wurde unterdessen von einer

Traube von Kindern belagert, die wie neugierige Äffchen auf seine Arm- und Rückenlehne kletterten und ihm fasziniert zuschauten, aber ich konnte leider nicht sehen, was er eigentlich tat – ich hätte jetzt keinen Finger gerührt, nicht einmal, wenn er angefangen hätte zu schweben.

Zelig schilderte nun seine Pläne für den Gemüsegarten, sprach auch von Hühnern, organisierte im Geist schon einen ganzen Bauernhof, aber als er Candide vorschlug, sein Sabbatical bei ihm zu verbringen, lachte der ihn aus. Nicht im Traum denke er daran, jemals bei dem Projekt von jemand anderem mitzumachen, jetzt, wo er selber Pläne für seine nagelneue Zukunft schmiedete.

Er hielt das Buch hoch, das er las. Ich warf einen Blick auf den Titel: *Dunkle Materie und fehlende Masse des Universums.*

»Was ist das?«, fragte ich mit einer Kopfbewegung zu dem Buch.

»Nix für dich.«

»Sag das nicht. Ich interessiere mich durchaus für Physik. Gerade in letzter Zeit.«

»Ach ja? Und, hast du bahnbrechende Entdeckungen gemacht?«, spottete er.

Ich winkte nur stumm ab und drehte mich zum Fenster.

Wie das gelbe Ortsschild am Straßenrand mitteilte, kamen wir jetzt in das Städtchen Busovača. Es schüttete aus Eimern. Der Regen prasselte gegen die Scheiben wie ein Kugelhagel und strömte wasserfallartig daran herab; man sah nichts mehr. Der Bus schnaufte besorgniserregend, als wir in den Busbahnhof einfuhren und am vorgesehenen Kai hielten. Ein paar Leute standen auf und packten ihre Sachen zusammen, der Fahrer schaltete den Motor ab und stieg aus, um den Kofferraum zu öffnen, und als er den Motor wieder anlassen wollte, seufzte der Bus nur auf und wimmerte dann wie eine rollige Katze. Der Fahrer versuchte es immer wieder, bis der Motor schließlich gar kein Lebenszeichen mehr von sich gab.

»Die Kiste will offenbar hierbleiben, meine Herrschaften«, rief er beinahe froh über den ungeplanten Halt, während er aufstand und uns aufforderte, auszusteigen und auf den nächsten Bus zu warten, der allerdings erst in zwei Stunden fahren würde. In unserem Zeitbudget waren diese kostbaren Stunden nicht vorgesehen; wir hätten längst in Sarajevo sein sollen, um den letzten Anschluss noch zu erreichen. Die Rucksäcke über unsere Köpfe haltend, rannten wir zum Fahrkartenschalter und hofften auf ein Wunder. Aber in diesem winzigen Bahnhof gab es nur die nackte Wirklichkeit. Und unsere triefenden Schuhe.

Ich versuchte bei Schalterbeamten und Busfahrern Mitleid zu erregen, als wären sie allein durch Geisteskraft in der Lage, einen Eiltransport aus dem Boden zu stampfen. Doch hatte ich im Leben gelernt, dass nicht alle Klagen ungehört verhallen. Tatsächlich hatte einer der Fahrer eine Idee, zog sein Handy heraus und rief jemanden an.

»Ja, es sind drei junge Leute, und sie müssen dringend nach … Nein, nein, das ist sogar besser für sie, wenn sie nicht nach Sarajevo gebracht werden, sondern dorthin, wo sie sowieso hinmüssen … jedenfalls in die Nähe. Von da aus werden sie sich schon arrangieren, das sind nur noch dreißig Kilometer ...« Er verabschiedete sich, beendete das Telefonat und verkündete uns lächelnd, wir seien gerettet. Wir sollten uns an den Straßenrand stellen, und zwar dort, wo an der Ecke ein Kiosk stehe, und auf einen privaten Bus warten. Man werde uns schon erkennen. »Man«, das war, meinten wir zu verstehen, ein Seniorenausflug.

Wir ließen den Japaner ratlos und triefend nass auf dem Bahnhofsvorplatz stehen und gingen zum vereinbarten Treffpunkt. Der Wolkenbruch hatte nachgelassen, und der vom Asphalt aufsteigende Dampf bildete Nebelschleier, unter dem zeitweise unsere Füße verschwanden. Unter dem Gewicht des Wassers ließen die Bäume ihre regenschweren Zweige hängen, während ein Rotkehlchen sein Gefieder schüttelte und davonflog. Die Natur war gleichsam aufgequollen vor Feuchtigkeit, und eine Myriade Insekten umschwirrte unsere Köpfe.

»Psst!«, flüsterte Zelig auf einmal und deutete auf den Boden. Ich folgte seinem ausgestreckten Zeigefinger und sah einen purpurnen Regenwurm, der sich wie eine Ziehharmonika gemächlich über den Asphalt arbeitete. Aber das, worauf Zelig uns aufmerksam machen wollte, war gar nicht der Regenwurm: Keinen halben Meter weiter lugte ein Feuersalamander aus dem Gras. Wunderschön und furchterregend mit seinen fast künstlich wirkenden grellgelben Flecken auf ölschwarzem Grund, seinem gedrungenen Körper und eingezogenen Kopf, den kreisrunden Augen mit der erschreckend schwarzen Iris, näherte er sich graziös seiner Beute, die ihn nicht bemerkte, sondern ihre harmonischen Bewegungen fortsetzte. Aus dem Salamandermaul fuhr die lange dünne Zunge, umschlang den Regenwurm und verschlang ihn. Er verspeiste ihn ohne besondere Anstrengung, wie ein Kind vor einem Teller Spaghetti, dem eine einzelne Nudel von der Gabel zu rutschen droht. Als der Salamander fertig war, hob er den Kopf, machte kehrt und verschwand im feucht-dunklen Dickicht.

»Die Mutter wäre begeistert«, flüsterte Zelig.

Der Salamander war Mutters Lieblingstier. Von unserer ersten Wohnung, in der wir vor vielen Jahren lebten, weiß ich fast nichts mehr; ich erinnere mich nur, dass wir uns an einem Fenster, das auf einen dunklen, dichten Wald hinausging, die Nase platt drückten und ungeduldig auf das Ende des Regens warteten, damit wir mit der Mutter hinausgehen und ihre wundersamen Salamandergeschichten hören konnten, halb hoffend, halb fürchtend, wir könnten tatsächlich einem begegnen. Der Feuersalamander war ja ein sagenumwobenes Tier, das nicht nur durch Feuer laufen konnte, ohne Schaden zu nehmen, sondern auch noch gestärkt daraus hervorging. Hocherhobenen Hauptes, sagte die Mutter, schreite er mit seiner gewohnten Anmut durch lodernde Flammen, denn er sei das mutigste und aufrechteste Geschöpf der Welt. Die Bauern erzählten, sie hätten ihn zwischen brennenden Holzscheiten hervorkommen und im Unterholz verschwinden sehen – ja, seine Haut sei derart kalt, dass er damit das Feuer sogar löschen könne.

»Mama, darf ich ihn in den Ofen werfen, wenn wir einen finden? Damit wir sehen, wie er wieder rauskommt«, sagte Zelig.

Nein, nein, man dürfe ihn nicht in die Hand nehmen, der Salamander sei ein schüchternes, zurückhaltendes Tier, und um sich die übrigen Lebewesen vom Leib zu halten, sondere es eine Art Gift ab, das es in seinen gelben Flecken erzeuge, erklärte sie.

Damit aber nicht genug der erstaunlichen Taten des Salamanders: Er sei, erzählte uns die Mutter, außerdem in der Lage, Körperteile neu zu bilden, die ihm von Angreifern abgerissen wurden, wenn sie dumm genug waren, es mit ihm aufzunehmen – nicht nur die Beine und den Schwanz, sondern sogar das Herz. Und die Verletzung hinterlasse keinerlei Spuren oder Folgen. Innerhalb von drei, vier Monaten sei alles wieder nachgewachsen und der Salamander schön wie zuvor. Sein Körper bewahre keine Erinnerung an Verletzungen und Verluste.

»Ich ziehe Handschuhe an und schneide ihm ein Stück Herz heraus«, verkündete Candide daraufhin. »Dann sehen wir ja, ob es nachwächst.«

An jenen Nachmittagen spazierten wir, wenn der Regen nachließ, im süßlichen Geruch nach Zersetzung mit unseren gelben Regenmänteln über einen weichen Teppich aus welkem Buchenlaub; nur sehr selten entdeckten wir einen Salamander. Dann überwog die Furcht alle Neugier, und wir versteckten uns schaudernd hinter der Mutter und lugten nach dem Tier, das ich in späteren Jahren immer wieder glühend um seine Widerstandskraft beneiden sollte...

Vom vereinbarten Platz aus sahen wir sie nahen: in einem weißen Bus mit roter Aufschrift, darin rund vierzig Personen zwischen sechzig und achtzig. Die Tür ging auf, ein graumelierter Mann empfing uns, und als wir eingestiegen waren, rief er: »Willkommen, ihr drei!« Und fügte hinzu: »Genau das braucht es, Jugend mit starken Armen!«

Die anderen brachen in übertriebenen Jubel aus, und mir wurde klar, dass wir in der Falle saßen. Sie werden uns entführen und uns irgendwo in der Herzegowina, wo man uns nie wiederfindet, bei Wind und Wetter zum Pflügen einsetzen, bis wir steinalt sind.

»Kinder, wir sind großzügig und nehmen euch umsonst mit, aber ihr müsst uns helfen und die Fahnen aus dem Fenster halten, das schaffen wir nicht mehr, weil wir alt und kraftlos sind!«, rief der Graumelierte.

Im ersten Moment freute ich mich, weil das Schicksal sich als wider Erwarten gütig erwies – bis mir einfiel, wo wir waren, und ich begriff, dass dieser Kuhhandel zumindest demütigend sein konnte: Was für eine Fahne sollten wir denn schwenken, die ihre? Oder die der anderen? Oder unsere? *Unsere?* Eine Frau mit feuerrotem Haar und tiefen senkrechten Wangenfurchen reichte mir eine Fahne. Ich entrollte sie und musste lächeln. Behutsam wie eine Reliquie hielt ich sie in den Händen. Und es war ja tatsächlich eine Reliquie – laut Wörterbuch definiert als irdischer Überrest oder Teil des vermeintlichen oder realen Besitzes einer heilig verehrten Person (oder Gegenstands), ferner jedes Objekt, das wie ein heiliger Überrest aufbewahrt und verehrt wird. Die Überreste dessen, was verloren ging oder zerstört wurde.

Es gab tatsächlich keine bessere Definition für diese anderthalb Meter Stoff, Rot-Weiß-Blau mit rotem Stern in der Mitte: die jugoslawische Fahne.

Ich drehte mich zu meinen Brüdern um, die genau die gleiche Reliquie in den Händen hielten wie ich. Wir verteilten uns im Bus, schoben jeder ein Fenster auf und schwenkten eisern den Schaft umklammernd unsere Fahnen. Wir sahen einander an und lachten übers ganze Gesicht vor Freude über diesen unerwarteten Scherz, das Ergebnis raumzeitlicher Verzerrung.

»Wieso habt ihr's denn so eilig?«, fragte die Rothaarige, von der ich meine Fahne hatte, und ich spürte, dass sich hinter uns mehrere Hälse reckten, um das Gespräch zu verfolgen.

»Wegen der Beerdigung unserer Großmutter«, antwortete ich.

»Wie alt war sie?«, fragte eine männliche Stimme hinter meinem Rücken.

»Siebenundachtzig.«

»Dann hat sie ihre Zeit gehabt«, sagte er und schlug sich auf den Schenkel. »Ich wäre auch mit fünfundachtzig zufrieden«, setzte er hinzu.

»Was schwafelst du da? Hört nicht auf ihn«, sagte die Rothaarige tröstend, »mit siebenundachtzig ist man noch jung.«

»Die ist gut! Jung! So ist das heutzutage, da ist man immer jung. Wenn einer mit über neunzig den Löffel abgibt, heißt es gleich: Er war doch noch jung. Oder dass man ihm sein Alter nicht angesehen hat. Du lieber Himmel, darf man heutzutage eigentlich noch irgendwann alt sein?«, fragte der Mann und lachte.

Die Rothaarige schüttelte den Kopf und klopfte sich mit dem Zeigefinger an die Schläfe, wie um zu bedeuten, »der spinnt«. Eine winzige Frau mit wilder Dauerwelle Modell Achtzigerjahre mischte sich ein und sagte: »In den letzten Jahren gehe ich jedenfalls viel lieber auf Beerdigungen als auf Hochzeiten. Da fühle ich mich wohler.«

»Das stimmt«, sagte der Mann von vorher, »auch diese ständigen Demonstrationen, die wir immer wieder organisieren, sind im Grunde nichts anderes als eine einzige lange Beerdigung.«

»Wir sind halt alt, und es fällt uns nichts Neues mehr ein. Deshalb klammern wir uns an Ideen, die längst tot sind«, sagte ein anderer Mann.

»Das Problem ist, dass wir die besten Ideen, die wir je hatten, haben sterben lassen.«

»Nostalgie ist was für die Alten«, sagte jemand.

»Nein, Nostalgie ist ein Luxus für diejenigen, die Glück hatten. Schau dir die Jugend von heute an – wonach sollten sie sich zurücksehnen?«

Der Bus fuhr schnell, Wolkengebilde rasten uns entgegen, als wollten sie an der Windschutzscheibe zerplatzen. Wir flogen über die Straße, während die Gruppe kommunistischer bosniakischer Nostalgiker, die mit ihren müden Armen keine Fahnen mehr schwenken konnten, Lieder aus anderen Zeiten und vor allem anderen Welten sang.

Zum ersten Mal seit vielen Monaten hatte ich das Gefühl, ein Ziel zu haben, und sogar in die richtige Richtung zu reisen.

Nach einer halben Stunde Fahrt ließ die gesangliche Inbrunst nach, bis die Lieder schließlich ganz verstummten und ein seltsames Schweigen um sich griff, das freudlos und melancholisch war, schwer von unvollendeten Gesprächen, deren Zeit vorbei war. Ein bisschen so, wie wenn man einen alten Bekannten trifft und sprachlos und verlegen vor ihm steht und sich vergeblich den Kopf nach irgendeinem Thema zerbricht, das einen zur früheren Gemeinsamkeit zurückführen könnte – die Verbindung ist abgerissen, die Gefühle sind nur noch anachronistisch.

Zweieinhalb Stunden lang eine obsolete Fahne aus einem Busfenster halten, das war mein letztes (und einziges) Opfer für ein Land, das es nicht mehr gibt.

Es war fast vier Uhr nachmittags, als wir in Konjević Polje ankamen. Hier endete die Fahrt unserer beherzten Partisanen, hier wollte jeder in sein Auto steigen und in sein Dörfchen oder Städtchen zurückkehren, wo sein politisches Credo wie eine seltene Erbkrankheit betrachtet wurde. Uns fehlten nur noch dreißig Kilometer, dann waren auch wir an unserem Ziel, früher als erwartet. Dieser Umstand würde die Mutter zweifellos überraschen und unser traditionell kompliziertes Verhältnis zu Verkehrsmitteln aller Art ein für alle Mal normalisieren.

In Konjević Polje gab es nicht viel zu sehen: eine orthodoxe Kirche, eine Moschee und ein paar Dutzend Häuser für die paar Hundert Einwohner. Über den Daumen gepeilt, teilten sich die Häuser in zwei Kategorien: die zerstörten und nie wieder bewohnten mit pockennarbigen Fassaden, die Tag für Tag mehr herunterkamen, bis sie irgendwann vollends zu Staub zerfielen; und die unvollendeten. Letztere hatten glatte graue Fassaden, unverputzt und ungestrichen, verschönert mit hellen Holzfenstern, in denen perfekt gebügelte Vorhänge aus leichter weißer Baumwolle hingen. Alle diese Fassaden schienen einem die Zunge herauszustrecken, denn auf der Höhe der zweiten Etage ragten Betonplatten heraus, aus denen eines Tages vielleicht Balkone werden sollten, die vorläufig aber eine Einladung für potentielle Selbstmörder waren. In dieser Gegend sah man viele solche Häuser; vielleicht weil man mit Müh und Not das nötige Geld zusammengekratzt hatte, um eilig vier Mauern zu errichten und ein Dach über dem Kopf zu haben, und für den letzten Schliff oder gar Zierrat dann natürlich nichts mehr übrig hatte. Aber von der Hoffnung auf einen künftigen Balkon wollte sich niemand verabschieden, man konnte doch ein Haus nicht einfach zur Balkonlosigkeit verurteilen; folglich schuf man immerhin die Voraussetzung für einen Balkon in Form einer Betonplatte – ein Stein gewordenes Mahnmal für die Hoffnung auf bessere Zeiten.

Vor vielleicht fünfzehn Jahren hatte das Dorf sogar mal in der Zeitung gestanden, als nämlich eine Frau, die während des Kriegs geflohen war, wieder nach Hause zurückkehren wollte. Vor ihrer einstigen Hausnummer stehend traute sie ihren Augen nicht und dachte, sie habe sich in der Straße geirrt, denn an der Stelle stand nicht mehr ihr

Haus, sondern eine orthodoxe Kirche. Die betroffene Frau war Muslimin, was die Sache noch schlimmer machte; dennoch vermute ich, dass nur wenige Gläubige bereit wären, selbst für ein Gotteshaus ihrer Konfession ihr warmes Zuhause herzugeben.

An einem kleinen Platz ließen sie uns aussteigen. Hier war das Herz des Dorfes, bestehend aus einem Lebensmittelladen und einer Bar.

»Hier findet ihr jemanden, der euch mitnimmt. Passt auf, dass sie euch nicht übers Ohr hauen. Mehr als fünfzig Mark dürfen sie nicht verlangen!«, sagte der Graumelierte, der Agitator.

Wir nickten mit wissender Miene, als wären wir erfahrene Geschäftsleute. In Wahrheit war der einzige von uns, der einen realen Geschäftssinn hatte, Candide. Zelig und ich waren nicht nur leichte Opfer jeglicher Art von Betrügern, sondern gingen uns gelegentlich sogar selbst auf den Leim. Zelig zum Beispiel hatte als Kind Muscheln und Telefonkarten eingekauft, die er nachher zu einem geringeren Preis weiterverkaufte. Ich hingegen hatte generell ein schlechtes Verhältnis zu Geld: Ich brauchte es, konnte es aber nicht annehmen, was bedeutete, dass ich, wenn ich welches bekam, unter dem Zwang stand, mich so rasch wie möglich wieder davon zu befreien.

Vor dem Lebensmittelladen saß ein schmächtiger, zahnloser alter Mann mit einer Mütze auf einem Holzschemel, steckte sich Kürbiskerne in den Mund, deren Schalen er im selben Rhythmus ausspuckte, und belauschte erheitert zwei Frauen, die über den Markt und die hochwertige Kleidung aus der Türkei redeten. Als sie unser ansichtig wurden, hielten alle drei inne und musterten uns, bis sie alle gleichzeitig, wie auf Kommando, zu Kürbiskernen und Marktberichten zurückkehrten.

»Wisst ihr noch, wie Nana und ihre Freundinnen Videokassetten mit türkischen Fernsehserien vertickt haben?«, fragte Zelig.

»Echt?«, rief Candide verblüfft.

»Ja. Aber das war nichts Illegales. ›Verticken‹ sage ich deswegen, weil sie wie die reinsten Junkies am Busbahnhof standen und auf die türkischen Fahrer warteten, die den Auftrag hatten, ihnen die neuesten Folgen ihrer heiß geliebten Soaps mitzubringen.«

»Was für eine furchtbare Welt war das damals, ohne Streaming«, sagte Candide.

»Wisst ihr eigentlich, was diese Wörter bedeuten, die Nana manchmal sagte?«, fragte Zelig.

»Was für Wörter?«

»Na, diese türkischen Einsprengsel, wie *Estagfirullah* …«

»Ich verstehe kaum Bosnisch – was weiß ich von Nanas Türkisch«, sagte Candide.

»Schwester, weißt du's?«

»Nein, aber wer weiß, ob sie das selber so genau wusste.«

»Es waren jedenfalls Ausrufe der Überraschung oder auch des Erstaunens, so viel weiß ich«, sagte Candide.

»Wahrscheinlich konnte sie einfach besser staunen, wenn sie Wörter benutzte, die ihr selber ein Rätsel waren.«

Wir gingen auf die Bar zu, vor der vier Männer an einem Tisch im Freien saßen.

»Ich rede mit ihnen«, verkündete ich.

»Gut, aber ich muss vorher pinkeln«, sagte Zelig.

»Ich auch«, folgte Candide.

»Und dann brauche ich eine Cola, sonst sterbe ich«, fügte Zelig hinzu.

»Ich ebenfalls«, schloss sich Candide an.

»Okay, macht, was ihr wollt, ich setze mich dort an den Tisch«, sagte ich.

Sie betraten das Lokal, ich hörte sie nach der Toilette fragen.

An einem der Tische saßen drei Männer, Einheimische, und beobachteten neugierig einen jungen Mann, der allein am Tisch saß und mit seiner Kamera hantierte. Es war eine sehr gute, professionelle Kamera. Einer der drei fasste sich schließlich ein Herz und fragte: »Fotoreporter?«

»Nicht wirklich«, antwortete der Junge in unserer Sprache, aber mit ausländischem Akzent.

»Kriegsreporter?«, hakte ein anderer nach.

»Nein, nein! Ich soll hier Hochzeitsfotos machen.«

»Aber dann stimmt's ja doch: Du bist Kriegsreporter«, rief der Mann aus, und der Junge musste lachen.

»Bist du verheiratet?«, fragte er dreist.

»Nein, das ist nichts für mich …«

»Das ist für niemanden was, mein Freund, für niemanden, aber dann tut man es doch, zwangsläufig …«

Ein kleiner Junge, blond, aber mit tiefdunklen Augen und braunen Sommersprossen auf der Nase, kam heraus, um die Bestellung aufzunehmen.

»Zwei Cola. Und habt ihr Cedevita?«

»Nein, aber was ganz Ähnliches, ist praktisch dasselbe.«

Ich war im Begriff, dieses praktisch identische Getränk zu bestellen, doch da tauchte die Erinnerung an einen kalten Tag auf, an dem ich einkaufen war, um ein Rezept auszuprobieren, das Google unter den Suchbegriffen »Winterrezepte schnell und köstlich« gefunden hatte. Also kreiste ich auf der Suche nach den Zutaten, die ich mir aufgeschrieben hatte, durch den Supermarkt und fragte irgendwann eine Mitarbeiterin, ob sie Valtellina Casera hätten, und zwar das Original.

»Nein, aber was ganz Ähnliches, praktisch dasselbe.«

»Und gibt es Wirsing?«

»Nein, aber Weißkraut ist ja praktisch dasselbe.«

Ich hatte meine annähernd gleichen Einkäufe nach Hause getragen und wollte mein Rezept annähernd umsetzen, hatte aber eine nicht nur annähernd, sondern tatsächlich scheußliche Mahlzeit zustande gebracht. Als ich der Mutter davon erzählte, kommentierte sie: »Entweder hast du die Zutaten, die du willst und brauchst, oder gar nichts. Für ein gelungenes Rezept braucht es Präzision, keine Annäherung.«

»Hey, ich hab nicht den ganzen Tag Zeit!«, riss mich der sommersprossige Junge aus meinen Grübeleien.

»Zwei Cola und einen heißen Tee«, bestellte ich schließlich.

»Geht's dir nicht gut?«, mischte sich der Typ vom Nebentisch ein, der offensichtlich Gesprächsbedarf hatte.

»Doch, danke, mir ist nur kalt«, antwortete ich.

»Ah ja, dieses Wetter, letzte Woche hatte es beinahe

dreißig Grad, und heute sind es vielleicht achtzehn. Wenn die Leute verrückt sind, spielt auch das Wetter verrückt«, dozierte er.

Ach, diese unerschöpfliche Besessenheit mit dem Wetter und der Soziologie.

Ich nickte und gab meinen Senf zum Thema Wetter dazu, aber in puncto Verrücktheit der Leute hielt ich mich zurück.

»Wo wollt ihr hin?«, wollte er wissen.

»Wir müssen nach Srebrenica.«

Sein Adamsapfel bewegte sich auf und nieder, während er die Information schluckte. Den Blick wandte er nicht ab, nur eine Röte, die sich vom Hals bis zur Stirn ausbreitete, verriet eine Gemütsbewegung – man konnte nicht erkennen, ob aus Verlegenheit oder aus einem Schuldgefühl heraus.

»Du weißt aber schon, dass um diese Zeit kein Bus mehr fährt, oder? Erst morgen früh wieder.«

»Ja, wir haben gehofft, dass wir ein Taxi finden.«

»Offiziell haben wir hier keine Taxis, aber vielleicht findet sich eine Privatfahrt.«

»Ach ja?«, fragte ich beiläufig.

»Freund, du hast doch ein Auto, fährst du die drei?«, rief er einem sehr dicken Menschen zu, der an der Wand lehnte.

»Wann?«, fragte der mit einer Stimme aus den Tiefen seiner Eingeweide.

»Jetzt trinken wir erst mal was«, antwortete ich, als meine Brüder zurückkamen und sich zu mir setzten.

»Okay«, sagte der Dicke und hustete.

»Wie viel?«, fragte ich.

»Fünfzig Euro«, antwortete er knapp und sah mich herausfordernd an – vielleicht schien es mir auch nur so. Im Rückblick scheint mir, ich habe es falsch angefangen.

»Ach, dann warten wir lieber auf den Bus morgen früh«, sagte ich betont gleichgültig und drückte den Teebeutel aus, während die drei am anderen Tisch grinsten.

»Was willst du denn zahlen?«, fragte der Dicke weiter.

»Höchstens zwanzig«, sagte ich cool.

Er lachte. »Dann gehst du zu Fuß«, antwortete er.

Ich lächelte und sagte nichts. Ich schlürfte meinen Tee, meine Brüder ihre Cola, wir sahen einander an: Und jetzt? Ich presste die Lippen zusammen und nickte, wie um zu sagen: Nur die Ruhe, er macht uns ein neues Angebot. Das war meine übliche Taktik, absolut fehlbar, nein, schlimmer: verheerend. Ich benutzte sie normalerweise auf dem Markt. »Was kosten die Stiefel?« – »Dreißig.« – »Zu viel.«

Gehen wir, sage ich dann zu meinen Freundinnen, die dabei sind, ihr werdet schon sehen, kaum kehren wir ihm den Rücken zu, ruft er uns zurück. Wir entfernen uns mit Trippelschrittchen und spitzen die Ohren, aber so gut wie nie ruft uns jemand zurück.

Im Leben braucht es bekanntlich Geduld, man lernt dazu, perfektioniert seine Techniken, und wenn man am wenigsten damit rechnet…

»Fünfundzwanzig«, sagte der Dicke.

»Zwanzig und das Bier, das du trinkst«, antwortete ich und war entzückt, dass ich mich einmal durchsetzte.

»Na gut!«, meinte er resigniert. Wir tranken so schnell wie möglich aus, damit er es sich nicht womöglich anders überlegte, und stiegen in sein Auto. Ich kam mir knallhart vor, wie eine, die weiß, wie sich festgefahrene Situationen wieder in Gang bringen lassen. Im ersten Moment spürte ich nicht mal den kalten Wind, der mir den Hals peitschte, denn der Dicke hatte sämtliche Fenster offen. Wahrscheinlich gehörte er zu denen, die generell im Unterhemd unterwegs sind, auch im November.

Immer wenn ich allzu sehr auftrumpfe, bekomme ich eins auf den Deckel, damit ich nicht übermütig werde. Diesmal war es kein Schlag, sondern Spucke. Während ich noch freudetrunken im Auto saß, fing unser improvisierter Taxifahrer auf einmal zu husten an, beförderte Materie aus der Tiefe seines Schlunds und spie sie aus dem Fenster. Leider flog sie wieder herein, und weil ich direkt hinter ihm saß, landete der Schleim auf meiner Wange. Meine Brüder bogen sich vor Lachen, während der Dickwanst mich sadistisch im Rückspiegel musterte und sich scheinheilig entschuldigte. Natürlich tat es ihm kein Bisschen leid – das hatte er absichtlich gemacht.

Wir hatten kaum zwanzig Kilometer geschafft, als aus dem Nichts eine Kelle auftauchte, die von der Hand eines Polizisten gehalten wurde. Wir hielten an. »Lasst mich nur machen«, sagte der Dicke. Wir blieben sitzen; er wuchtete sich aus dem Wagen und ging auf das Polizeiauto zu. Rings herum war nichts, nur Weizenfelder. Die sonnenblondierten, mindestens meterhohen Halme bildeten eine Mauer, hinter die man nicht sah. Der Wind schob die Wolken über den Himmel und legte immer größere Flecken blankes Blau frei, die einen leuchtenden Sonnenuntergang verhießen.

Unser Charon kam jetzt zurück, und erst jetzt fiel mir auf, dass er Pantoffeln trug. Er schleppte seine über hundert Kilo auf absurd grazilen Fesseln, die eines Aschenputtels würdig gewesen wären. Er riss die hintere Tür auf, wo ich saß, beugte sich zu mir herunter, bis er mich fast mit der Nase berührte, und sagte: »Sie wollen ein Bußgeld wegen überhöhter Geschwindigkeit. Dafür kann ich aber nichts, ich bin nur deshalb so schnell gefahren, weil ihr es so eilig habt.«

»Okay. Wie viel?«, fragte ich resigniert, obwohl die Sache zum Himmel stank.

»Zwanzig Euro.«

Ich zückte mein Portemonnaie, gab ihm den Geldschein, ohne ihn anzusehen, er schlug die Tür wieder zu und kehrte zu den Polizisten zurück.

»Wenn ihr mich fragt – der Typ bescheißt uns«, sagte Zelig.

»Natürlich«, sagte Candide, »so, wie die miteinander reden, kennen die sich bestens.«

»Seid still, ich will hören, was sie reden«, schnauzte ich, und sie gehorchten.

Der Typ kam zurück, und auf seinen schlaffen Hängebacken lag ein so zufriedenes Lächeln, dass ich ihn am liebsten geohrfeigt hätte. Schwer hievte er seinen Arsch auf den Fahrersitz und ließ den Motor an, die zwei Polizisten grüßten ihn mit einem Nicken, und er hob die

Hand. Ich wandte den Blick ab: Falls er zwei oder drei Finger als Siegeszeichen hob, wollte ich es lieber nicht wissen.

Schweigend fuhren wir weiter.

Nach einer Weile stimmte der Dicke ein Klagelied an. »So sind sie hier«, sagte er, »ein winziger Fehler, und schon schnappen sie dich. Allmählich wird's bei uns schlimmer als in der Schweiz.«

»In der Schweiz bekäme einer wie du gar keinen Führerschein«, sagte ich höhnisch. Zelig, der vorn saß, drehte sich um und warf mir einen Blick zu, der hieß: Halt bloß die Klappe. Aber zu spät. Ein bewährtes Räderwerk in meinem Kopf war angesprungen und ließ sich nicht mehr stoppen.

»Wie bitte?«, fragte der Dicke konsterniert.

»In der Schweiz wäre einer wie du, der sich mit den Bullen zwanzig Euro teilt, nur peinlich«, sagte ich ohne irgendeine Sachkenntnis, denn ich hatte keine Ahnung von der Schweizer Kleinkorruption. Gehört hatte ich nur von struktureller Bestechung im großen Stil.

»Was?«, brüllte er jetzt.

»Ich hab's doch gesehen! Die Hälfte hast du selber kassiert! Du hast ihnen meinen Zwanziger gegeben und zehn von ihnen zurückgekriegt!«

»Du spinnst doch! Hast du deine Tage und bist deswegen hysterisch?«

War es also wieder so weit. Es mag uns Frauen inzwischen eine Seele zugestanden worden sein und sogar das Wahlrecht, aber die Berechtigung zu nicht hormonellem Zorn bleibt uns verwehrt.

»Ja, ich hab meine Tage, und ich rate dir, mich nicht zu verarschen!«, gab ich zurück.

Candide trat nach mir, um mich zum Schweigen zu bringen, und Zelig drehte sich ständig um, um mich mit Blicken zu töten. Ich versetzte Candide einen Stoß und drehte mich zum Fenster. Draußen rechten zwei Jungen Heu zusammen, das der Wind immer wieder auseinanderwehte, aber die beiden rechten unbeirrt weiter, mit gesenktem Kopf.

»Eure Schwester ist verrückt. Ich habe eine Quittung für das Bußgeld«, erklärte der Dicke meinen Brüdern, die stumm nickten.

Ich sprang sofort wieder an. »Die will ich sehen!«, forderte ich, obwohl mir bewusst war, dass ich in meinem Kampf gegen die Gesetzlosigkeit durchaus auch einen Holzweg eingeschlagen haben konnte.

»Was willst du von mir, du Irre!«

»Die Quittung. Die übrigens sowieso mir zusteht, weil *ich* die Strafe gezahlt habe!«, schrie ich.

Ich begann die Umgebung zu erkennen; wir waren fast da.

»Gar nichts kriegst du von mir!«

»Dann kriegst du auch nichts von mir! Behalt deinen dreckigen Zehner, du Betrüger!«

Der Dicke trat so brutal auf die Bremse, dass es uns alle nach vorn schleuderte und Zelig um ein Haar an die Windschutzscheibe geknallt wäre. »Raus, ihr Wichser, auf der Stelle! Ihr könnt zu Fuß gehen, ich fahr euch keinen Meter mehr. Raus aus meinem Auto, ihr Geizkrägen!«

»Geizkrägen? Das sagt genau der Richtige, du Dieb!«, schrie ich, während ich aus dem Auto sprang und den Rucksack hinter mir her zog. Auch Candide und Zelig ergriffen die Flucht. Unser Fährmann stieg aufs Gas und rauschte davon, und zum Abschied streckte er die Faust mit gerecktem Mittelfinger aus dem Fenster.

Wir standen mit unseren Rucksäcken am Straßenrand, zwischen menschenleeren Getreidefeldern.

»Immerhin regnet es nicht«, sagte ich und hievte mir den Rucksack auf die Schulter. Ich war sehr stolz auf mich.

»Du bist wahnsinnig!«, schrie Zelig. »Was ist denn los mit dir?«

»Nichts. Aber ich ertrage es einfach nicht mehr, stumm zuzuschauen, wie andere Leute sich ins Hemd machen. Da komm ich mir selber feig vor.«

»Mag ja sein, aber musste das ausgerechnet jetzt sein? Was ist, wenn der Typ ein Serienmörder ist, wie dieser Pacciani, das Monster von Florenz? Er hätte uns in Stücke hacken und ins Weizenfeld werfen können«, rief Candide.

»Im Vergleich mit bestimmten Gestalten, die sich hier rumtreiben, ist Pacciani ein Dilettant.«

»Eben!«, rief Zelig.

»Und was machen wir jetzt?«, fragte Candide.

»Wir sind doch fast da, vielleicht noch vier Kilometer – eine halbe Stunde zu Fuß, und wir sind im Haus der Großeltern«, sagte ich.

»Dann gehen wir jetzt aber«, fand Zelig. »Sonst kommt der Typ womöglich noch mal zurück, mit seinen Kumpels.«

Auf dem Schotterstreifen entlang der Straße gingen wir dahin. Der Himmel war jetzt völlig blank gefegt und strahlte in makellosem Blau. Es war Viertel nach fünf, aber die Sonne war immer noch stechend; es war fast heiß.

»Falls er zurückkommt und wir uns wehren müssen: seine Schwachstelle sind die Knöchel. Denkt dran. Habt ihr gesehen, wie dünn die sind?«, fragte ich.

»Nein«, sagte Candide geistesabwesend.

Ich ließ nicht locker. »Dieser Kerl ist ein Scherz der Genetik«, sagte ich.

»Hatten wir nicht ausgemacht, dass du dein Schandmaul hältst?«, fragte Zelig.

»Ja, aber ich hatte vor lauter Zusammenreißen schon Magenkrämpfe.«

Wir fingen an zu lachen. Bald kringelten wir uns vor Gelächter.

»Ich will die Quittung haben!«, »Du Betrüger!«, »Eure Schwester ist wahnsinnig!«, riefen wir schrill und von Lachanfällen gebeutelt durcheinander.

»Ah, und der Schleimbatzen auf deiner Backe!«, schrie Zelig und hielt sich den Bauch.

»Das ist wirklich nicht zum Lachen, am Ende hat er mich noch mit irgendwas angesteckt. Eine Art Hepatitis.«

»Wenn du mich fragst, hat er dich mit Wut angesteckt!«

»Hahaha!« Candide krümmte sich vor Lachen. »In der Schweiz bekäme einer wie du gar keinen Führerschein! Was sollte das denn?«

Ich japste nach Luft. »Was weiß denn ich«, keuchte ich.

»Du wärst ein super Familienvater«, meinte Candide.

»Also heute hatte ich echt das Gefühl, ich sitze mit einem Vater im Auto. Du müsstest nur noch lernen, so richtig auszurasten, dann wärst du perfekt.«

»Ja«, sagte Zelig, »mit Candide hast du ja den idealen Lehrmeister!«

Wie wahr. Der nämlich übte sich in der Kunst des Ausrastens, seitdem er auf der Welt war. Angefangen hatte es an dem Tag, an dem der Imam zu uns nach Hause kam, um ihn zu beschneiden. Er dürfte sechs oder sieben Monate alt gewesen sein, und bis dahin hatte er alle Welt nur strahlend angelächelt. Tatsächlich dachte der Imam, als er sich dem Baby näherte und in dessen fröhliche Äuglein blickte, er hätte die unkomplizierteste Beschneidung, vielleicht nicht seines Lebens, zumindest aber des letzten Monats vor sich. Er zog ein paar Grimassen, um den Knaben abzulenken, während er nach der richtigen Ansatzstelle für sein Messer suchte. Candide witterte nichts Böses. Als sich aber die Klinge in sein weiches Babyfleisch senkte, stieß er einen markerschütternden Schrei aus und biss, obwohl zahnlos, in des Imams Hand.

Das Beste aber kam erst ein paar Jahre später. Im Repertoire der Familienklassiker ist die Geschichte vom Kreiselkind eine der beliebtesten. Mit etwa vier Jahren begann Candide, seine Wut auf geradezu spektakuläre Weise zur Schau zu stellen. Wenn ihn jemand ärgerte, schoss er wie ein Pfeil in den Hof hinaus, ließ sich auf den Hintern fallen und drehte sich weinend und schreiend um die eigene Achse. Wer sich ihm näherte, um ihn zu beruhigen, wurde taub von dem Gebrüll und gab rasch wieder auf. In der Anfangszeit dieser Unsitte hatte die Mutter noch versucht, ihn aufzuheben und ins Haus zurückzutragen, denn natürlich schämte sie sich vor den Nachbarn, die von den Balkonen aus sprachlos diesen Anfällen beiwohnten. Doch sie machte damit alles nur noch schlimmer.

»Wie peinlich, die Leute werden denken, dass wir ihn quälen. Er kreischt, als würde ihm die Haut abgezogen«, klagte die Mutter.

Aber irgendwann fanden sich alle damit ab; die Arme vor der Brust verschränkt, sahen sie sich kopfschüttelnd die Vorführung des zornigen Kindes an, das durch den Innenhof kreiselte, bis es irgendwann den Zement auf der Haut spürte, weil der Hosenboden riss. In dem Moment hielt es inne, rappelte sich auf mit seinem wunden Hintern und kehrte grimmig, aber befriedigt ins Haus zurück, würdevoll wie ein Filmstar, der sein Publikum keines Blickes würdigt. Die Zuschauer bezwangen mit Mühe ihr Lachen, nicht aber ihre Verblüffung angesichts eines Dreikäsehochs, in den eine kolossale Wut gefahren ist.

Wie es endete

Dass wir endlich am Ziel waren, wurde uns klar, als rechts von uns ein riesiges Feld mit weißen Gedenksteinen auftauchte: sechstausend Leben, die in einem Sommer vor nicht allzu langer Zeit innerhalb einer einzigen Woche ausgelöscht worden waren. Und dabei fehlten noch mindestens zweitausend, deren Überreste irgendwo in den Wäldern in der feuchten Erde lagen, im Schatten der Kiefern und Eschen, denselben Wäldern, aus denen die Großeltern ein paar Jahrzehnte früher kiloweise Pfifferlinge heimgebracht hatten. Die Massengräber musste man aufspüren, öffnen, ausheben, musste die Toten ausgraben, die Überreste einsammeln, abtransportieren, die DNA feststellen, in der Datenbank mit der DNA von Angehörigen abgleichen und schließlich einem Häufchen Knochen eine Identität zurückgeben. Es hatte nicht mehr viel mit der Person zu tun, die wir geliebt hatten, war aber alles, was uns geblieben war.

Wir gingen auf der linken Straßenseite, als fürchteten wir, von ihnen eingesaugt zu werden. Und wir gingen langsam, den Blick auf die Reihen der Grabsteine geheftet, die nie zu enden schienen, weil das Licht der untergehenden Sonne die Schatten verlängerte, die uns verfolgten, uns einholten, auch wenn wir meinten, wir hätten sie bereits hinter uns gelassen.

Nana sagte, sie fände niemals Ruhe, bevor sie nicht ihre zwei Söhne beerdigt habe. Sie sagte, bis sie nicht die Knochen ihrer toten Kinder bekäme, könne sie nicht richtig um sie trauern. Recht hatte sie: Die eigentliche Trauer hatte keinen richtigen Anfang gehabt, und wir wagten alle nicht, einen Menschen zu beweinen, der aufgrund einer unerklärlichen, unerklärlich glücklichen Fügung am Ende doch noch auftauchen könnte. Dennoch steckte in uns allen irgendwo eine zwanzigjährige Trauer, ein heimtückischer Schmerz, der sich wand, versteckte, wieder auftauchte, und es war einfach nicht möglich, ihn am Kragen zu packen und in die Knie zu zwingen.

Nana hatte gedacht, sie könnte nicht einmal sterben und die verdiente ewige Ruhe finden, wenn sie nicht ihre Söhne wiederhätte, um sie zu beerdigen. Sie irrte sich; aber diese Fehleinschätzung hielt sie doch sehr lang am Leben. Vielleicht war sie ihr einziger Existenzgrund.

Ein Schild in zwei verschiedenen Schriften hieß uns in unserem Städtchen willkommen. Instinktiv blieben wir alle drei stehen, holten tief Luft und traten über eine imaginäre Schwelle. Aus den Rissen im Asphalt sprossen weiche grüne Grashalme und gelbe Löwenzahnblüten, aus denen bald weiße Büschel würden, die der erstbeste Lufthauch verwehen konnte. Die blühenden Linden verströmten den unvergesslichen Duft von Sommerabenden. Ein zottiger Hund tauchte hinter einem Mäuerchen auf und kam uns schwanzwedelnd entgegen, gefolgt von drei weiteren, die genauso mager und verwahrlost waren. Ein Rudel streunender Hunde, die mitten auf der Straße standen und den Weg versperrten. Wir gaben uns furchtlos und behielten unser Tempo bei, bis wir einander gegenüberstanden. Sie beschnupperten uns prompt und beschlossen mitzukommen.

»Sie erkennen uns als ihre Herrchen an«, sagte Zelig.

»Kein Grund zum Stolz«, raunte ich.

Candide hingegen bellte, und die vier antworteten ihm freudig in einem schwanzwedelnden Chor.

Aus einem blauweiß gestreiften Liegestuhl rappelte sich ein alter Mann mit nacktem Oberkörper auf, hob einen Stein vom Boden auf und stürzte sich auf uns.

»*Iššš! Iššš!*«, schrie er und schleuderte den Stein, der vom Asphalt absprang und in einem Gebüsch jenseits der Straße landete. Er bückte sich und hob zwei weitere auf.

»Nein! Nein!«, schrie Candide.

Der Alte aber hatte schon beide Steine geworfen, von denen der eine einen dumpfen Laut verursachte, als er von der getroffenen Flanke abprallte. Es folgte ein schmerzerfülltes Jaulen. Die anderen Hunde hatten sich augenblicklich in Luft aufgelöst; nur der verletzte blieb zurück und schleppte sich jetzt mühsam hinter ein Auto, um sich der Wut des Alten zu entziehen. Dieser wiederum lachte befriedigt und verschwand zwischen den Streifen seines Fliegenvorhangs im Haus.

Wir gingen schneller, um den alten Sadisten hinter uns

zu lassen; das beunruhigende Jaulen des Hundes verlor sich bald in der Ferne.

»Hinter der nächsten Ecke müsste es sein, oder?«, fragte Candide bewegt, der auf die heranstürmende Woge der Gefühle nicht vorbereitet war.

»Ja«, sagte Zelig bedrückt. In dieser ganz eigenen Art, Ja zu sagen, erkannte ich sein innerstes Wesen, ja ich konnte es fast mit Händen greifen: diesen verborgenen Kern, seine Trauer, die er so beharrlich für sich behielt und die ihn zwang, durch die Welt zu irren und nach etwas zu suchen, dessen Verlust er sich nicht eingestehen wollte.

Wir bogen um die Ecke, und da stand es, das Haus, wie ein vergessenes, rostiges Schmuckstück, und *erwartete* uns. Gebaut wie alle Häuser der Gegend, direkt an der Straße, mit einem Balkon zur Vorderseite, der Rückkehrer willkommen hieß.

Auf diesem Balkon standen jetzt Leute; noch waren sie nicht deutlich zu erkennen, aber offenbar waren alle versammelt. Zwei standen; der Statur nach musste einer der Onkel sein. Er war es auch, der uns zuerst entdeckte und uns zuwinkte. Jetzt standen alle auf und drehten sich nach uns um. Drei von der Erschöpfung und dem Gewicht der Rucksäcke gebeugte Gestalten, die aus dem Nichts auftauchten; ich mit leichtem Hinken wegen der verteufelten Schmerzen im Bein und blutverkrustetem Verband um den Daumen. Als wir vor dem Haus anlangten, war die Mutter schon heruntergeeilt und empfing uns im Garten mit ungewohnt stürmischer Zuneigung. Der Reihe nach fiel sie uns um den Hals, als seien wir Kriegsheimkehrer, Überlebende wider alle Wahrscheinlichkeit.

»Ihr stinkt aber ordentlich!«, sagte sie lachend.

Dann fragte sie besorgt: »Lania, hattest du einen Unfall?«

»Nein, wieso?«, fragte ich zurück, befriedigt, dass sich doch noch jemand für meinen Zustand interessierte.

»Du hinkst, du blutest ...«, sagte sie, während sie mich auf eventuell fehlende Körperteile kontrollierte.

Wir stiegen die neunzehn Stufen zur Haustür hinauf. Wie viele es waren, wusste ich deshalb so genau, weil ich mit diesen Stufen zählen gelernt hatte. Ich hatte kein genaues Bild mehr davon, es war eher eine Erinnerung, die auf den Erzählungen der Mutter basierte, denn ich war damals erst vier und fuhr mit meinem Dreirad kreuz und quer durch den Hof. Normalerweise war das Gitter zur Treppe geschlossen, und ich stieß beim Herumfahren überall an – vermutlich ein erstes Anzeichen eines mangelhaften Gleichgewichts, das mir wohl bis ans Ende meines Lebens bleiben wird. An jenem Tag aber hatte ein nachlässiger Besucher das Gitter offen gelassen, und ich hatte es bei meinen Manövern auf drei Rädern irgendwie fertiggebracht, die ersten paar Stufen hinunterzufahren, purzelte aber dann die Treppe hinab. Die Mutter beobachtete die Szene völlig versteinert – sie war tatsächlich außerstande, auch nur einen Finger zu rühren.

Ich war mitsamt dem Dreirad hinuntergefallen, und als ich unten landete, wuchsen mir drei Beulen, zwei an der Stirn und eine auf dem Kopf; außerdem hatte ich mir Arme und Beine zerschrammt. Als die Mutter aus ihrer Betäubung erwachte, hob sie mich auf und versuchte mich zu trösten, während ich wie am Spieß schrie. Irgendwann beruhigte ich mich und sagte immer wieder: »Böse Treppe, böse Treppe.« Die Mutter bestätigte mich, ja, wirklich eine böse Treppe, bald fiel die ganze Familie einhellig über die Treppe her, und der Großvater erzählte später, ich hätte die Stufen mit loderndem Blick angestarrt und in die Runde gefragt: »Böse? Die ganze?« Die anderen sprangen mir unverzüglich bei; ich wurde die Treppe hinaufgetragen, damit ich jede einzelne Stufe treten und ausschimpfen konnte. Diese Szene wurde später in der Form wiederholt, dass ich eine Stufe um die andere hinaufstieg und dazu zählte: »Eins böse«, »zwei böse«, und so weiter, bis ich zum ersten Mal in meinem Leben bis neunzehn gezählt hatte. So habe ich gelernt, dass man Schicksalsschlägen auch etwas Sinnvolles abgewinnen kann.

Sie waren alle da und erwarteten uns. Noch ehe wir wenigstens die Rucksäcke abgenommen hatten, fielen sie uns um den Hals: Onkel, Großvater, Tante, Vettern, eine Cousine, deren Mann und ihr kleiner Sohn. Der Großvater weinte und sagte sinnlose Sätze wie: »Wenn die Nana euch so hätte sehen können, so groß!«

Ich hätte ihn gern daran erinnert, dass Nana uns ja noch vor drei Tagen gesehen hatte, er selber aber seit mindestens einem Jahr nicht, aber es schien mir nicht angebracht, ihm zu widersprechen. Wortlos hörten wir seine Litanei an, von der manches real war, anderes das

Ergebnis einer seiner mentalen Reisen. Wieso wir denn zu Fuß kämen, wollte der Onkel wissen, und Zelig gab einen kurzen Abriss unserer Odyssee, während die Vettern bereits irgendwelche Pläne mit Candide ausheckten und die Mutter mich ermahnte, meine Wunde auszuwaschen und den Verband zu wechseln, bevor ich mir eine Infektion einfinge. Ich verließ das Wohnzimmer, in dem alle redeten und keiner zuhörte. Das war für uns der Höhepunkt des Gemeinschaftsgefühls: uns alle zusammen in einem Zimmer aufzuhalten und auf die anderen einzureden. Ich schloss die Tür hinter mir und lehnte mich im Flur an die Wand; in der Ecke, sah ich, gab es noch immer das rote Festnetztelefon. Es war eines dieser alten Modelle mit Wählscheibe und stand auf einer Konsole, auf einem von Nana gehäkelten Deckchen. Ich nahm den Hörer ab, aber es kam kein Signal, und die Wählscheibe drehte ich nur, um das Geräusch zu hören, mit dem sie zurückschnurrte, wenn man sie losließ.

Mein Blick glitt über die Wände und in die Küche, deren Tür halb offen stand. Man konnte nicht sagen, dass es hier aussah wie in einem gänzlich verlassenen Haus; zwar merkte man, dass hier niemand mehr wohnte, aber es war, als führe das Haus ein Eigenleben, als zehre es von seiner Geschichte und brauche gar keine Bewohner. Ich trat in das Zimmer, das einst das Schlafzimmer der Großeltern gewesen war: das Bett, der Überwurf, der Schrank, ein Sessel, eine Truhe, ein Spiegel, alles war wie immer. Befremdlich gleich.

Ich sah mir die Fotos an, sepiafarben mit einem Stich

ins Rötliche. Alle waren sie da, alle! Die ganzen Wände tapeziert mit Hochzeiten, Geburten, Geburtstagen, Ausflügen, Ferien. Die Frauen mit hochgesteckten Haaren, die Männer mit gepflegtem Schnurrbart und Hut in der Hand, junge Leute in Jeans, Säuglinge in bizarrer Aufmachung voller Schleifchen und Bommel. Gesichter, in denen ich meinen Mund, meine Augen, mein Lächeln oder meinen Schmollmund wiedererkannte. Leute, deren Krankheiten, Gemütszustände, Neigungen ich geerbt hatte. Wiesen, Seen, Strände, Salons, Restaurants, Schulen. Bezaubernde Blicke, gestelzte Posen, Kameralächeln, Schnappschüsse, komische Grimassen. Da waren sie alle, Abwesende wie Anwesende. Wenn ich eine kurze Bilanz meines Lebens zog, fielen die Abwesenden stärker ins Gewicht als die Anwesenden. Lag es an der unheilvollen Anziehung, die der Ort, an dem sie sich befanden, auf mich ausübte, dass ich mich immer nur in Männer verliebte, die mir Abwesenheit versprachen? Glaubte ich etwa, ich könnte auf diese Weise herausfinden, wohin sie alle verschwunden waren?

Es graut mir vor allem, was dem Verfall, der Auflösung, der Zersetzung preisgegeben ist. Nicht so bei der Abwesenheit; sie bleibt unangreifbar, und man kann jedes beliebige Bedürfnis auf sie projizieren.

Ich setzte mich aufs Bett und sank in die durchgelegene alte Matratze ein, in der sofort eine Sitzkuhle entstand, und fand mich Auge in Auge mit einem hellblauen Blick, den keiner von uns drei geerbt hat. Unser Vater, seine hohen Geheimratsecken, sein kleines Lächeln mit schmalen, geschlossenen Lippen. Unser Vater mit engen verwaschenen Jeans und schwarzem Mantel. Unser Onkel Fahrudin mit langen rabenschwarzen Haaren. Unser Onkel Fahrudin in kaiserlicher Pose mit einem Schäferhund zu seinen Füßen. Unser Onkel Salko mit Schachbretthosenträgern. Unser Onkel Salko mit ernstem und nachdenklichem Blick vor der Wiener Staatsoper.

Ich stand auf, um mir ein Familienfoto näher anzusehen: über zwanzig Menschen, von denen acht noch am Leben und im Zimmer nebenan waren. Auf sie versuchte ich mich zu konzentrieren und die fehlenden zwölf außer Acht zu lassen. Die Mutter, in einem Baumwollkleid, wie sie das Baby Candide auf dem Arm hält, während Zelig auf dem Boden sitzt und in einen Stein beißen will, den ich ihm wegzunehmen versuche. Der Onkel, der die sichtlich schwangere Tante an sich drückt: Damals waren die Zwillinge unterwegs. Und der Großvater, missmutig wie immer, wenn er fotografiert wird. Zögernd schloss ich die Tür hinter mir.

Es empfingen mich Stimmengewirr und hastiges Hin- und Hergerenne; die Mutter lief an mir vorbei durch den Flur.

»Was ist denn los?«, fragte ich erschrocken.

»Wir brauchen einen Kassettenrekorder, hoffentlich findet sich einer«, antwortete sie abwesend; dann fasste sie mich genauer ins Auge. »Du hast ja noch immer nicht deinen Verband gewechselt!«

»Ich wollte es eben tun... Wozu einen Kassettenrecorder?«

»Frag die anderen«, sagte sie und lief davon.

Im Wohnzimmer stand Zelig und hielt eine Audiokassette in der Hand, eines dieser Dinger, mit denen man bis in die Neunzigerjahre Musik aufgenommen und wiedergegeben hat – ein rechteckiges Plastikteil, in dessen Innerem ein glänzend braunes Magnetband hin und her spulte, das manchmal aufbegehrte und sich verhedderte, wodurch Bandsalat entstand, der tief ins Laufwerk des Rekorders eindrang, sodass man ganze Nachmittage damit verbrachte, das Gewirr aufzudröseln und mit einem Bleistift, den man ins eine oder ins andere Loch steckte, wieder aufzuwickeln. Dabei konnte es passieren, dass sich das Band verdrehte, sodass man es wieder herausziehen und von vorn anfangen musste. Manchmal riss es während der Operation; manchmal ließ es sich anstandslos auf die Rolle zurückdrehen, aber man wusste, dass diese Kassette jetzt eine Schwachstelle hatte und geschont werden musste. Ganze Tage habe ich mit der Rekonstruktion kostbarer Musik vertan, die ich nicht verlieren wollte.

»Was ist denn das für eine Geschichte?«, fragte ich.

»Die Überraschung, von der wir dir erzählt haben ...«, antwortete Zelig.

In dem ganzen Chaos hatte ich sie völlig vergessen.

»Und worum geht's?«, fragte ich, noch immer verständnislos.

»Nana erzählt eine Geschichte!«

»Wirklich? Was denn für eine Geschichte?« Auf einmal konnte ich es nicht erwarten, Nanas Stimme wiederzuhören.

»Warte, du wirst es gleich erfahren.«

Die Mutter kam zurück. »Zuhra hat auch keinen Kassettenrekorder.«

»Und was machen wir jetzt?«, fragte die Tante.

»Wir könnten im Haus gegenüber fragen«, meinte der Onkel.

»Ich hab's!«, rief der Großvater. »Wir hören sie in meinem Auto, ich hab noch das alte Autoradio irgendwo hier im Haus!«

»Aber Papa, das Auto fährt doch schon seit Jahrzehnten nicht mehr!«, erinnerte ihn die Mutter.

»Man muss nur die Batterie wieder aufladen, Mädchen. Schließlich wollen wir damit nicht nach Montenegro ans Meer fahren«, antwortete der Großvater und machte sich auf die Suche nach dem Radio, um es in das Auto einzubauen.

»Einen Versuch ist es wert«, sagte der Onkel aufgeregt und lief aus dem Haus, gefolgt von sämtlichen männlichen Familienmitgliedern, bis auf den Großvater.

»Ich mache Kaffee«, kündigte die Tante an.

Das Handy der Mutter klingelte, sie nahm den Anruf entgegen, redete eine Weile, steckte das Telefon wieder ein.

»Giovanni macht sich jetzt mit dem Leichenwagen auf den Weg, in einer knappen Stunde ist er hier«, teilte sie uns mit.

Der Großvater fing wieder zu weinen an. Die Mutter ging zu ihm und nahm ihn in die Arme, ich trat auf den Balkon hinaus. Unten im Garten hantierte der Onkel mit

Kabeln und gab seinen Söhnen und meinen Brüdern Anweisungen.

»Schließ das hier an. Geht es an? Funktioniert es? Dann schließ das andere auch noch an. Wart einen Moment. Probier's noch mal. Jetzt? Noch immer nicht? Zieh's wieder raus. Ich probiere es selber.«

Meine Cousine saß in einem Sessel mit ihrem Sohn, der auf ihr herumkletterte und ihr mit seinen kleinen Füßchen in Bauch und Brüste trat, was sie zum Lachen brachte. Ich sah ihnen zu und fragte mich, ob die Mutterschaft ein Naturtalent und wir alle dafür geschaffen seien, und ich musste an einen Traum denken, den ich etwa einen Monat zuvor gehabt hatte: Ich lag an einem Sandstrand unter der stechenden Sonne und schlief, und je länger ich schlief, desto heißer wurde mir, desto deutlicher spürte ich ein Gewicht auf mir, und als ich – im Traum – endlich aufwachte, erwies sich das Gewicht als ein sechsjähriges Mädchen, das ich sehr gut kannte, weil ich es auf vielen Fotos gesehen hatte, und das mich anstarrte. Dann deckte mich dieses Mädchen – im Traum –, noch immer starren Blicks, mit Kieselsteinen zu.

Ich beneidete meine Cousine, die zehn Jahre jünger war als ich und ein Kind hatte, während ich noch immer mit diesem Mädchen kämpfte, das mich eingraben wollte.

Ich kehrte ins Haus zurück. Der Großvater wischte sich mit einem Taschentuch über das Gesicht, die Mutter hielt seinen Arm.

»Findet dieser Giovanni denn allein her?«, fragte ich.

»Ich sag dir doch – der ist aufgeweckter, als er scheint.

Die Fahrt hierher hat ihm gutgetan, er sagt, wenn er wieder in Italien ist, geht er zum Psychologen«, antwortete sie.

»Wenn das unsere Wirkung auf andere Leute ist...!«

»Darüber macht man keine Witze. Der Junge hat wirklich viele Probleme.«

»Mag ja sein, aber hat er eine Reise mit uns gebraucht, bis er so weit war, zum Psychologen zu gehen ...«

»Du könntest ruhig etwas sensibler sein, immerhin warst du selber bei einem. Der Ärmste leidet unter Verfolgungswahn, und ich kann sogar verstehen, warum...«

»Ich habe aber nie unter Verfolgungswahn gelitten«, protestierte ich lautstark. »Oder doch?«, setzte ich, plötzlich unsicher, hinzu. Ich erinnerte mich nicht – denkbar war alles.

»Lass doch, es ist jetzt nicht der richtige Zeitpunkt«, raunte sie.

Der Großvater mischte sich ein, um zu erklären, weshalb es wichtig sei, dass Nana zumindest eine Nacht hier im Haus verbringe und morgen von einem hiesigen Unternehmen zum Friedhof gebracht werde. Ich hatte Kopfweh und verstand nicht recht, ob das von ihm gewünschte Vorgehen eine hierzulande übliche Sitte war oder einer fixen Idee von ihm entsprang: In unserer Familie war die Grenze zwischen Tradition und eigener Erfindung seit jeher fließend. Das war aber ohnehin nicht so wichtig; viel wichtiger war mir die Frage, wo um Himmels willen wir alle schlafen sollten? Es gab nur zwei Schlaf- und ein Wohnzimmer, und wir waren elf plus ein Kind plus Nana plus Giovanni.

»Es funktioniert!«, schrie es aufgeregt von unten.

Candide kam heraufgerannt, riss die Tür auf und rief: »Wir hören sie im Auto! Es funktioniert!«

Sein Gesicht war gerötet, und seine Augen blitzten in kindlicher Freude – keine Spur mehr von dem gewohnten zynischen Zug um seinen Mund.

Wir gingen alle hinunter, die Mutter führte den Großvater am Arm, und die Tante trug ein Tablett mit Kaffee und Nussgebäck.

Der militärgrüne Zastava war ein echtes Wrack, das ohne Scham sein hohes Alter zugab. Er stand auf vier Betonklötzen, weil er längst keine Reifen mehr hatte, und schien kurz davor, zu Staub zu zerfallen. Ein paar Tage würde er allerdings noch durchhalten.

Mit aufgerissenen Türen erwartete er uns. Der Onkel saß hinter dem Steuer, Zelig neben ihm; Großvater, Mutter und Tante setzten sich auf den Rücksitz, der Rest auf das Mäuerchen daneben.

»Seid ihr so weit?«, fragte Zelig, und wir nickten. »Ich war in der Neunten, als die Aufnahme entstand; als Hausaufgabe zum Thema Geschichte und Gedächtnis sollte ich jemanden interviewen und hatte mir Nana ausgesucht, aber sie machte mich komplett wahnsinnig – ihr kennt ja ihre Art zu erzählen.«

· Wir lachten, als wir an Nanas Geschichten dachten. Der Großvater lachte auch, kopfschüttelnd, und gleichzeitig weinte er und bedeckte sich die Augen mit seinen vom Rheuma verkrümmten Fingern.

»Also ich war sauer, weil ich dachte, sie ruiniert mir die

Hausarbeit, und dann bekam ich die beste Note der ganzen Klasse, ohne dass ich wusste, wieso eigentlich. Ich spiele euch die Geschichte vor, auch wenn ihr sie alle kennt.«

Er schob die Kassette in das Autoradio. Es kam ein Klick, dann ein unangenehmes Krächzen. Der Onkel drehte den Ton leiser und wischte mit einer Hand den Schmutz von den Lautsprechern. Von der Kassette ertönte Papiergeraschel, dann folgte Zeligs Kinderstimme, die erklärte, worum es ging. Der Ernst, mit dem er sprach, ließ mir das Herz aufgehen; und Nana zierte sich.

»Nana, weißt du noch diese Geschichte, die du immer erzählst – wie du auf Italienisch zählen gelernt hast?«

»Natürlich weiß ich die noch.«

»Also Nana, du müsstest mir jetzt erzählen, wie das ging …«

»Die Sache mit den Zahlen ist einfach. Genauso leicht war es, die Zahlen zu lernen und mir bis heute zu merken. Wann das war? Wer weiß es – sicher sind etliche Jahre vergangen…

Aber ich weiß gar nicht, ob sie vergehen oder ob ich immer im selben Jahr feststecke. Es kommt mir so vor, wie wenn ich eine bestimmte Sorte Bettwäsche bügelte und zu falten versuchte, und zwar so, dass die Linien aufeinander zu liegen kamen, aber das schaffte ich nicht, nie stimmten sie überein, und ich fing noch mal an, aber es war sinnlos. Zwischen den Falten gerieten die Linien durcheinander, sie verschwanden und tauchten irgendwo wieder auf, wo ich sie nicht haben wollte.

Mein Kopf ist jetzt wie diese Bettwäsche, schlecht gefaltet und irgendwohin verräumt.«

»Aber in welchem Jahr war es?«, fragt Zelig ungeduldig.

»Tja, hm, das kann nur '42 gewesen sein, kurz vor dem Sommer, als in meinem völlig abgelegenen Bergdörfchen seltsamerweise auf einmal die Faschisten aufkreuzten.«

»Die Italiener, nicht wahr? Und wie sind sie dorthingekommen?«

»Ich war dreizehn, aber dass der Nabel der Welt anderswo war, das wusste ich, nämlich da, wo wirklich was los war; bei uns passierte ja nie irgendwas, nicht mal der Krieg, nicht mal er schaffte es bis zu uns, man musste schon fortgehen, um ihn zu finden.

Nicht mal, als mein Vater eines Tages vom Feld zurückkam und verkündete: ›Der Krieg ist ausgebrochen‹, nicht mal dann ist was passiert.

Wir erstarrten und horchten, ob vielleicht irgendwo der Knall dieses Ausbruchs zu hören wäre, aber nichts, kein Laut. Wir Kinder wurden schnell ungeduldig, schauten uns gelangweilt an und gingen wieder spielen. Dabei war das, was uns der Krieg gebracht hat, nicht Lärm, sondern Stille: Unser sowieso schon winziges Dörfchen entvölkerte sich. Die Männer im waffenfähigen Alter gingen alle an die Front, und die Frauen, die allein mit den Kindern zurückgeblieben waren, entfernten sich nie von ihren Häusern, außer im äußersten Notfall. Obwohl – die einzigen Notfälle, die es gab, waren Geburt und Tod, und die fanden sowieso meistens zu Hause statt, mit der Hilfe einer alten Nachbarin, die sich auskannte mit Leben und Tod.«

»Also das schreib ich jetzt nicht …«

»Und warum nicht?«

»Ich kann doch nicht schreiben, dass mitten im Krieg überhaupt nichts passiert ist!«

»Wie du meinst … Mein Vater jedenfalls ging nicht in den Krieg, er hatte schon den vorigen mitgemacht und war jahrelang in einem österreichischen Kriegsgefangenenlager eingesperrt, und als er zurückkam, wurde ihm klar, dass er die wichtigen Dinge im Leben schon fast verpasst hatte: Er war über dreißig und noch nicht verheiratet, hatte nicht mal eine Braut, die auf ihn wartete. Das heißt, die, die er gehabt hatte, als er einrückte, war schon zum dritten Mal schwanger von einem, der ein paar Jahre früher aus der Gefangenschaft heimgekehrt war. Jetzt packte ihn die Torschlusspanik, und er legte einen Zahn zu, sodass er die verlorene Zeit fast komplett aufholte – das ging dann sehr schnell, er hat sich ein Mädchen ausgesucht, meine Mutter, hat ihr gerade lang genug den Hof gemacht, dass die Betschwestern den Mund hielten, und sie dann Hals über Kopf geheiratet. Den Rest erledigte der Bauch meiner Mutter, der sieben Kindlein herausschob, eines nach dem anderen, von denen eines, meine Zwillingsschwester, noch als Wickelkind starb.

Jedenfalls wurde mein Vater, als 1941 die Mobilmachung kam, vom Kriegsdienst befreit, und das tat ihm nicht die Spur leid. Allein die Vorstellung, dass seine zwei Ältesten womöglich eingezogen wurden und ›ihre Jugend diesem Wahnwitz opfern‹ mussten, wie er sagte, stürzte ihn in Verzweiflung. Aber meine Brüder hörten nicht auf ihn, sie platzten ja vor Stolz, dass sie bei was derart Außergewöhnlichem wie dem Widerstand mitmachen konnten. Vor dem großen Aufbruch wanderten sie tagelang im Haus herum und waren euphorisch, sie sangen mit solchem Pathos die Partisanenlieder, dass meine Mutter sich kaum die Tränen verkneifen konnte, während sie ihnen den roten Stern an die abgetragenen Mützen nähte. Dann kam der Tag, an dem sie ein rostiges Jagdgewehr schulterten, die linke Faust reckten und im Brustton der Überzeugung riefen: ›Smrt fažismu! Sloboda narodu!‹«

»Sie sind aber zurückgekommen, deine Brüder, oder?«

»Ja, ja, aber das gehört jetzt nicht hierher, ich erzähle eine andere Geschichte …«

»Aber ich muss dir Fragen stellen, sonst hat es doch keinen Sinn!«

»Natürlich hat es einen Sinn, die Geschichte hat von allein ihren Sinn, da braucht es keine Fragen von dir.«

»Ja, aber die Hausaufgabe, die wir gekriegt haben, soll eine Art Interview sein, und ich soll mich daran beteiligen, sonst redest du allein, und ich höre nur zu.«

»Ah, immer dieses Beteiligen! Hör dir an, wie es weitergeht, dann verstehst du, dass dieses ganze Beteiligungsbedürfnis gar nicht so originell ist. Also, wo war ich? Genau – für uns, meine Geschwister und mich, wurde das zur Parole. Wir suchten uns Stöcke, die wir uns über die Schulter schwangen, marschierten rund ums Haus und skandierten: ›*Smrt fažismu! Sloboda narodu!*‹

Ab und zu kamen Frontsoldaten in unser Haus, als wär's das ihre, und verlangten zu essen. Und meine Mutter empfing sie, als wären es ihre Söhne, heizte den Ofen ein, schaute ins Backrohr, um zu sehen, wie weit das Brot war, und heraus kam ein Duft, sag ich dir, wie ich ihn nie wieder gerochen habe. Vielleicht war's der Geruch des Hungers.

Sobald das Brot seine kupferne Farbe hatte, nahm es meine Mutter heraus, wickelte es in ein sauberes, angefeuchtetes Tuch und legte es auf den Tisch. Das …«

»Aber du musst jetzt schon zum Punkt kommen. Wann kommen denn endlich die Faschisten?«

»Wenn dir die Geschichte, die ich erzähle, nicht passt, frag doch jemand anderen.«

»Aber es soll eine Geschichte aus dem Krieg sein! Keine Brotgeschichte.«

»Krieg und Brot sind immer eng verbunden.«

»Wenn du meinst …«

»Also, wo war ich? Meine Mutter, sagte ich, legte das Brot auf den Tisch, und das war der schlimmste Moment: Innerhalb einer Sekunde breitete sich der Duft im gesamten Haus aus, und wir alle wollten nur eines, hinrennen und uns große Stücke herausreißen. Aber das ging nicht. Dieser Dragoner von Mutter klopfte mit zwei Fingern auf das eingewickelte Trumm in dem feuchten Tuch, sodass die Hitze in kleinen Dampfwölkchen entwich. Unerschütterlich und mit starrem Blick machte sie so lange weiter, bis keine Dampfwölkchen mehr kamen. Dann setzte sie sich und begann in Seelenruhe das Brot in dünne Scheiben zu schneiden, und als sie damit fertig war, hob sie den Kopf und reichte das Brot den Soldaten, erst danach richtete sie den Blick auf uns, die wir zusammengedrängt an der Tür standen und uns nicht näher trauten. Auch jetzt stürzten wir nicht einfach los, sondern scharten uns um den Tisch und streckten schüchtern die Hand aus, um ein Stück Brot mit Zwiebel zu bekommen. Nicht um alles in der Welt hätten wir gezeigt, dass wir halb tot vor Hunger waren, denn immer hieß es, die Soldaten litten größeren Hunger als wir.

›Na, was meint ihr, dauert es noch lang?‹, fragte mein Vater, der auf seinem privaten Holzschemel saß, den er immer bei sich hatte, auch wenn er unterwegs war. Er war ein eigenartiger Mann, mein Vater, er hatte etwas ungeheuer Starres, Methodisches, und wehe, man störte seine Gewohnheiten. Er war wirklich ein seltsamer Mensch, hing an Dingen, die uns ganz nutzlos schienen, vor allem an bestimmten Gegenständen aus Holz – was vielleicht daran lag, dass er selber hart war wie Holz. Er lachte so gut wie nie, und wenn er uns mal beim Lachen erwischte, schrie er uns an: ›Für den Törichten ist jeder Tag ein Fest!‹

Die Soldaten zuckten bloß mit vollem Mund die Achseln oder verdrehten die Augen, wie um zu sagen: Wer weiß das schon. Aber der Alte ließ nicht locker, sondern bohrte weiter: ›Bis wohin habt ihr befreit?‹ Woraufhin die Soldaten Namen von Dörfern und kleinen Städten und Schlachten an Flüssen aufzählten, Hinterhalte hinter Heuhaufen und eisige Nächte. Mein Vater bekam leuchtende Augen, man sah ihm an, dass er, obwohl er den Krieg für einen Wahnwitz hielt, sehr große Lust hatte, auch loszuziehen und mitzumachen bei den ganzen Abenteuern, von denen die Soldaten müde erzählten. Er hätte gern teilgenommen an diesem grandiosen Kapitel der Geschichte, das sah ich an seinen nervösen Ticks, und ich konnte nicht fassen, dass ihm ein Krieg offensichtlich nicht gereicht hatte. Übrigens frage ich mich heute noch, wie es sein kann, dass wir innerhalb eines einzigen Jahrhunderts gleich drei davon hatten und dass jedes Mal alle mit unverminderter Begeisterung loszogen, auch wenn der neue Krieg alles zunichtemachte, wofür sie im letzten gekämpft hatten. Und du willst jetzt beim Erinnern mitmachen, sonst hat es keinen Sinn, sagst du. Was für eine Vermessenheit!

Jedenfalls blieben die Soldaten meist über Nacht, während sie auf einen Befehl warteten, wie und wohin es weitergehen sollte. Immer brachen sie noch vor Tagesanbruch auf. Nachts war der Krieg wohl weniger hässlich.

Oft traf der Befehl in Gestalt einer Heldin ein: einer Melderin! Ah, wie viele legendäre Geschichten kursierten über die jungen Partisanenkämpferinnen, die tausend Hürden und Gefahren überwanden, um an ihr Ziel zu gelangen. Junge Mädchen, manche fast noch Kinder mit langen Zöpfen, schlugen sich querfeldein durch Wald und Dickicht, um den Soldaten geheime Botschaften zu bringen. Es hieß, dass manche von ihnen, wenn sie auf die Faschisten trafen, die Zettel schluckten, nur um die Nachricht nicht zu verraten. Meine Schwester Hana wollte nichts anderes im Leben als Melderin bei den Partisanen werden.

›Was willst du mal werden, wenn du groß bist, Hana?‹ Und sie drauf: ›Partisanin!‹

›Und wenn der Krieg vorbei ist?‹

Da merkte Hana, dass sie darüber nicht nachgedacht hatte. Der Krieg wirft immer alle Pläne über den Haufen: für die einen, wenn er anfängt, für die anderen, wenn er aufhört.

Dann kam eines Tages der Krieg doch auch noch zu uns, und zwar in Gestalt eines faschistischen Bataillons. Es fing an mit einem Knacken, das bei Einbruch der Dämmerung zu hören war, – ›wie das Zischen von Harztröpfchen auf brennenden Holzscheiten‹, sagte meine Mutter immer, wenn sie diese unvergessliche Geschichte erzählte. Wenn irgendwas Bedeutendes passiert, merkt man sich ja genau, wo man war und was man in dem Moment gemacht hat – als könnte man es überhaupt nicht fassen, dass plötzlich etwas Außerordentliches in den ganz gewöhnlichen Alltag einbricht.

Das Geräusch wurde immer lauter und aufdringlicher, und irgendwann ging mein Vater hinaus, um nachzuschauen, und da war der Himmel hinter dem Hügel taghell. Er kam wieder rein und sagte zu meiner Mutter: ›Sie kommen.‹

Sie gab keine Antwort, holte uns aber alle aus dem

Bett, zog uns an und setzte uns in die Küche. Mein Vater ging wieder hinaus, und als er zurückkam, sagte er, dass es noch mehrere Stunden dauern würde, bis sie wirklich kämen.

›Es gibt zwei Möglichkeiten. Entweder sie bringen uns um, oder sie nehmen uns gefangen. Im ersten Fall müssen wir uns weiter keine Gedanken machen, da kümmern sie sich um alles. Im zweiten Fall wäre es allerdings besser, wir legen ein Versteck für Vorräte an, sonst nehmen sie uns alles weg und wir verhungern.‹

Daraufhin nickte Mama entschlossen, er stieg auf den Dachboden, und wir Kinder mussten Trockenfleisch, Bohnen und Mehl tragen. Erst brachten wir alles in die Küche, dann in unser Geheimversteck: den Brunnen hinter dem Haus. Bei guter Lagerung würden die Sachen ein paar Monate halten. Als wir fertig waren, setzten wir uns wieder in die Küche und warteten. Wir waren wie betäubt vor Müdigkeit, wir konnten uns gar nicht mehr vorstellen, dass je irgendwas passieren würde. Zu Beginn des Kriegs hatten wir jede Nacht mit gespitzten Ohren gewartet, aber dann ging uns das ewige Warten irgendwann auf die Nerven, und wir dachten nicht mehr dran. Aber jetzt war wieder alles still. Immer wieder spähten wir aus dem Fenster, aber die Hügel lagen in totaler Finsternis, als wäre nichts gewesen. Anscheinend war der Krieg wieder ins Stocken geraten, und wir kamen uns lächerlich vor, wie wir da im zittrigen Licht der Gaslampe saßen und von Kopf bis Fuß angekleidet waren wie für eine Reise.

Wir zogen uns nur die Schuhe aus und schliefen ein.«

»Oh Mann, ist das eine langatmige Geschichte!«, rief der junge Zelig aus dem Autoradio, und wir fingen alle zu lachen an.

»Das brauchst du mir nicht zu sagen!«

»Sind sie denn überhaupt noch gekommen, die Faschisten? Wenn du dich bloß über mich lustig machst, muss ich morgen ohne Hausaufgabe in die Schule.«

»Gilt die Hausaufgabe nur, wenn die Faschisten kommen?«

»Ja. Oder nein. Aber irgendwas muss doch passieren! In deinem Krieg passiert ja nie was!«

»Wart's nur ab, du wirst gleich sehen, was passiert.

Also. ›Die laufen da unten irgendwo herum, ich glaube, sie stellen Zelte auf‹, hörte ich meine Mutter sagen.

›Wieso kommen sie nicht ins Dorf?‹, überlegte mein Vater laut.

Ich stand vom Bett auf und ging nach nebenan, die Eltern redeten weiter, als hätten sie mich nicht gesehen. Ich schaute aus dem Fenster, und tatsächlich: Unten auf der Wiese, ganz hinten, wo der große Wald anfing, wimmelte es von Soldaten. Sie liefen herum, rammten Zeltstangen in den Boden, fuchtelten mit den Armen, riefen.

›Sind das nun Deutsche oder Italiener?‹, überlegte mein Vater weiter.

›Dann schau halt nach‹, sagte meine Mutter ärgerlich.

Er machte eine Handbewegung, die besagte: Du spinnst wohl; trotzdem ging er kurz hinaus. Ein paar

Stunden später klopfte es an der Tür, und herein kam, ohne eine Antwort abzuwarten, ein Nachbar mit drei Soldaten im Gefolge. Meine Mutter schob uns rasch ins Zimmer, aber die Tür ließ sie offen. Mein Vater stand auf und grinste höhnisch und fragte den Nachbarn: ›Bist du jetzt zu den Faschisten übergelaufen?‹

›Nein, nein!‹, stotterte der andere. ›Du weißt doch, lieber Nachbar... im vorigen Krieg, also... da war ich doch zusammen mit den Italienern an der Front, und da... also jemand hat denen jetzt gesteckt, dass ich... ähm... Jedenfalls ein bisschen Italienisch kann ich noch, und die müssen sich ja irgendwie mit den Leuten vom Dorf, sagen wir: verständigen, aber das geht nicht, und da sind sie zu mir gekommen, vor zwei Stunden, und jetzt muss ich mit ihnen von Haus zu Haus ziehen. Sie reden Italienisch, und ich wiederhole es in unserer Sprache. Mich weigern kann ich nicht, weil sie sagen, wenn wir tun, was sie uns befehlen, passiert uns nichts, also ist es auch zu eurem Besten, dass ich da bin, weil ihr dann wisst, was die von euch wollen, andernfalls hättet ihr keine Ahnung, und am Ende hätten sie euch umgebracht, weil sie glauben, ihr verweigert den Gehorsam, dabei hättet ihr gar nicht gehorchen können, sondern einfach nicht kapiert, was sie wollen. Daher ist das nicht Kollaboration mit dem Feind, lieber Nachbar, sondern eine Hilfeleistung... Und überhaupt...‹

Aber die Soldaten, die Italiener, stoppten seinen Redefluss, und einer fing seinerseits zu reden an. Natürlich kapierten wir kein Wort, für uns Kinder hörte es sich an wie Gesang, und wir mussten lachen, weil man einen, der seine Befehle singt, ja nicht ernst nehmen kann. Der Nachbar hörte eine Weile zu, dann erklärte er, was der Soldat gesagt hatte: Sie wollten keinem was zuleide tun, sie hätten da unten ihr Lager aufgeschlagen, keiner bekäme Schwierigkeiten, wenn er sie sich nicht selber macht, wir müssten nur kollaborieren. Von uns brauchten sie nur Essen, sie würden von Haus zu Haus ziehen und sich die Tagesrationen holen, sich weigern war ausgeschlossen, man musste jeden Tag etwas abgeben.

Als der Nachbar fertiggeschwafelt hatte, ergriff wieder der Sänger das Wort und teilte uns mit, wie sie mit Spitzeln verfahren würden. Diesen Satz sagte er mit sehr viel mehr Autorität und weniger Gesäusel, und die Verwandlung seiner Stimme hatte eine erschreckende Wirkung.

Danach zogen sie wieder ab.

Minutenlang sagte keiner ein Wort. Meine Mutter verschwand in der Küche und fuhrwerkte am Ofen herum, mein Vater folgte ihr, wohl weil er sonst nichts mit sich anzufangen wusste; er bückte sich und starrte ernst in die Flammen. Daraufhin trat sie zur Seite, setzte sich auf einen Stuhl und fing an zu lachen. Er sah sie fassungslos an, und je länger er sie ansah, desto mehr musste sie lachen – es war unglaublich, sie bog sich geradezu vor Lachen.

›Hast du das gesehen – ein Soldat und trällert wie ein Vögelchen‹, brachte sie schließlich unter Tränen heraus.

›Du bist wahnsinnig, Frau‹, murmelte er.

Und sie konnte schon nicht mehr, rang nach Atem und fächelte sich mit beiden Händen Luft zu.

›Da gibt's wirklich nicht zu lachen, die wollen uns zu Kollaborateuren machen, und mir fällt kein Ausweg ein!‹, sagte er, schon ein bisschen gekränkt. Sie setzte eine ernste, fast dramatische Miene auf und nickte stürmisch, aber ihre Mundwinkel verrieten sie – sie zuckten immer noch.

›Ja, schon gut, lach du nur! Findest du's derart komisch, wie sie reden?‹, fragte er kopfschüttelnd.

›Ich weiß nicht, vielleicht sind es einfach die Nerven.‹ Sie hatte sich jetzt wieder im Griff und fing an, die Küche aufzuräumen.

›Uns bleibt auch nichts erspart!‹, sagte er, mehr zu sich selbst. ›Die Söhne sind bei den Partisanen, und wir müssen die Faschisten füttern! Was ist das nur für eine Welt.‹

Sie gab keine Antwort mehr; bei dem Gedanken an ihre Kinder war ihr das Lachen vergangen.

Mein Bruder Ahmo stand auf und ging in die Küche und fragte: ›Habt ihr gesehen, wie groß diese italienischen Soldaten sind?‹

›Na und?‹

›Nichts… Ich frage mich nur, wieso sie ausgerechnet so einen Zwerg zum Staatschef machen?‹

›Was hast du denn ewig mit der Größe, das ist ja eine fixe Idee von dir! Was geht es uns denn an?‹, schrie der Alte.

›Nichts. Aber ich hätte einen Größeren ausgesucht…‹

›Aus dir, Junge, wird nie was, du hast wirklich nur Unsinn im Kopf…‹

›Mit dir kann man nicht reden!‹, antwortete Ahmo gekränkt.

›Was soll das ewige Reden, fang du endlich an, einen Beruf zu lernen, statt zu Hause herumzuhocken und dir über solchen Blödsinn Gedanken zu machen. Aber was willst du schon machen, du taugst ja zu gar nichts, nicht mal zum Schafe hüten!‹

›Meiner Ansicht nach sagt es viel über ein Volk, wenn es sich den Kleinsten als Chef aussucht… Das haben die Franzosen auch mal gemacht‹, antwortete Ahmo unbeirrt.

Mein Vater war drauf und dran, eine Antwort zu geben, sah ihn dann aber nur resigniert an und schwieg.«

»Nana, ich will dich wirklich nicht antreiben, aber sag – kommst du irgendwann noch zu dieser Sache mit den Zwetschgen?…«

»Dann treib mich auch nicht an! Gleich kommen wir dazu. Wir haben alle Zeit der Welt…«

»Du schon, aber ich muss morgen meine Hausaufgabe abgeben…«

»Keine Sorge, gleich sind wir so weit. Also. Die Faschisten hatten unten vor dem Wald ihr Lager aufgeschlagen, und nach ein paar Wochen waren wir an diese sangesfrohen Soldaten schon gewöhnt, die jeden Tag kamen, sich mit Obst, Gemüse, Fleisch und Selbstgebranntem versorgen ließen und dann wieder abzogen. ›Möge es ihnen im Hals stecken bleiben‹, sagte mein Vater, wenn sie wieder gingen, oder: ›Hoffentlich kriegen sie Sodbrennen vom Schnaps.‹ Wie sollte er den Partisanenkämpfern unter seinen Kindern ins Auge schauen, nachdem er den Feind mit Essen versorgt hatte? Wir Kleinen aber waren wirklich begeistert, wir hatten das Gefühl, dass die Welt endlich auch in unser vergessenes Dörfchen gekommen war. Nachts hörten wir sie in ihrer sonderbaren Sprache singen, wie einsame Wölfe, die den Mond anheulten. Und ich stellte mir vor, dass auch meine Brüder irgendwo wachten und traurige Lieder sangen. Und ich dachte, es wäre für alle besser, wenn sie zu Hause geblieben wären und lustige Lieder gesungen hätten, statt irgendwo herumzuirren und zu leiden und sich umbringen zu lassen. Unsere Mutter redete nie über Politik, sie mischte sich nie ein, wenn unser Vater mit den anderen Männern im Dorf diskutierte, sie seufzte nur und hoffte, dass ihre Söhne, wo immer sie waren, eine mütterliche Hand fänden, die ihnen ein Stück Brot gab. Sie sagte ja immer, was du anderen gibst, kommt zu dir zurück. Das habe ich lange geglaubt und nur getan, was ich mir im selben Maß zurückerhofft habe, aber als mir von den vier Kindern, die ich auf die Welt gebracht habe, nur zwei geblieben sind, habe ich mich schon gefragt, womit ich das wohl verdient habe.«

Nana versagte die Stimme; aber sie hatte sich sofort wieder im Griff und erzählte weiter.

»Hab ich dir schon mal gesagt, dass in meinem Dörfchen sogar die Ziegen stinkfaul waren?«

»Nein, Nana, ich hatte keine Ahnung von euren stink-faulen Ziegen, aber muss ich das wirklich wissen?«

»Natürlich! In unserem Dorf waren die Ziegen anders als alle anderen Ziegen der Welt, die herumspazieren, springen, auf Felsen klettern, auf die ein Mensch höchstens fliegend hinaufkäme. In unserem Dorf benahmen sich die Ziegen eher wie Kühe, sie lagen im Gras und käuten wieder.«

»Und die Kühe führten sich auf wie die Ziegen? Aber nein, nein, antworte nicht, sonst werden wir nie fertig!«

»Von den Ziegen erzähle ich dir nur, um dir klarzumachen, dass mein Dorf immer unter einer Wolke der Faulheit lag, wir waren alle wie gebremst – vielleicht deshalb, weil wir von allem so weit weg waren. Und es dauerte keinen Monat, da hatte die Wolke auch die Faschisten verschluckt: Die lagen nur noch den ganzen Tag im Gras, aßen und tranken und dachten nicht mehr daran, ihren Morgenappell zu machen. Es war ihnen sogar die Lust vergangen, um die Dorfmädchen herumzuscharwenzeln. Nie und nimmer hätte man sie für Angehörige einer Invasionsarmee gehalten – sie kamen einem vor wie Kinder beim Schuleschwänzen. Irgendwann wurde es ihnen sogar zu viel, ins Dorf heraufzukommen, um Nachschub zu holen, das war offenbar derart anstrengend, dass sie die Order herausgaben, von nun an müssten wir ihnen das Essen bringen. Mein Vater rieb sich die Hände: ›Schütten wir sie zu mit Butter, bis sie ersticken! Mästen wir sie, bis sie platzen, und wenn dann unsere Leute kommen, können sie nur noch rollen, und wir befreien unser Land!‹ Er war richtig froh, dass auch er seinen Beitrag leisten konnte, auf seine Weise eben. Die Leute vom Dorf fingen also an, zu den Soldaten hinunterzugehen. Erst nur die Männer, aber nach und nach wurde es was ganz Alltägliches, wie ein Gang zum Markt, und wir vergaßen, wer die einen waren und wer die anderen und warum, und als es Zeit zur Ernte war und die Männer anderweitig beschäftigt, schickten sie die Kinder. Es passierte nie was Schlimmes, und sogar mein Vater schickte eines Tages Ahmo und mich in den Wald hinunter; so sagten wir, wenn wir das Lager der Faschisten meinten. Furchtsam, aber aufgeregt gingen wir hinunter, um Dörrfleisch, Ziegenkäse und ein paar Laibe Brot zu bringen. Einer, der kaum älter war als wir und uns eigentlich noch wie ein Kind vorkam, nahm uns den Proviant ab und zerlegte vor unseren Augen alles in gleich große Stücke, die er dann gerecht auf alle verteilte. Er sagte einiges zu uns, und wir lachten, kapierten aber natürlich kein Wort. Einmal brachten wir ihm einen Korb Äpfel, und er machte Häufchen aus je zwei Äpfeln: Das war die jedem Soldaten zustehende Ration. Beim nächsten Mal fing ich an ihm beim Verteilen zu helfen und zählte mit: *jedan, dva, tri, četiri, pet*... Und dieser Soldat, der zählte schon nach kurzer Zeit in unserer Sprache.«

»Nana, stimmt das, oder hast du dir die Geschichte ausgedacht?«

»Natürlich stimmt sie!«

»Also ich weiß nicht – ich hab das Gefühl, die Geschichte wabert einfach so dahin, ohne Anfang und Ende ...«

»Das scheint dir vielleicht so, weil es nicht die Geschichte ist, die du hören willst, du hättest gern eine andere, eine, die genau deiner Vorstellung entspricht. Heutzutage will keiner mehr eine Geschichte hören, man will nur Bestätigungen.«

»Das stimmt nicht! Ich weiß nur nicht, was das alles mit dem Zweiten Weltkrieg zu tun haben soll.«

»Ja, woher soll ich das denn wissen? Du wolltest von den Zwetschgen hören und davon, wie ich zählen gelernt habe.«

»Stimmt.«

»Jetzt lass den Kopf nicht hängen. Es geht schon weiter ... Der Sommer war fast vorbei, der Herbst stand vor der Tür, der bei uns nicht länger als drei, vier Wochen dauert und dann sehr schnell in einen ewigen Winter übergeht. Seitdem ich auf der Welt war, ging der Sommer jedes Jahr genau gleich zu Ende: von einem Tag auf den anderen. Ende August gab es ein Gewitter, und danach war Schluss mit der verrücktesten von allen Jahreszeiten. Der Anfang war, wie bei allem Schönen, immer sehr zögerlich, stockend, da spitzte der Sommer mal kurz raus und versteckte sich wieder und machte sich monatelang über uns lustig, bis er schließlich ganz da war. Aber wenn er zu Ende ging, dann mit einem Schlag, ohne Vorankündigung und ohne Widerruf. So auch in dem Jahr, von dem ich dir erzähle: Eines Abends brach am Himmel die Hölle los, die Bäume bogen sich, die Fensterscheiben klirrten, unter der Tür fuhr heulend der Wind herein, der Kälte und strömenden Regen mitbrachte und uns nachts lange wach hielt. Als wir am Morgen aufstanden, war die Landschaft verwandelt, von den Bäumen war viel Laub gerissen, und der Himmel war schon herbstlich fahl. Der Zwetschgenbaum vor dem Haus war fast kahl, aber der Boden rings um den Stamm blau und lila. Unser Vater beauftragte uns, die Zwetschgen einzusammeln, und wir füllten die Säcke damit, die unsere Mutter aus verschlissenen Leintüchern genäht hatte. Es waren genug Zwetschgen für kiloweise Marmelade, mehrere Liter Schnaps und den Proviant der Soldaten. Mit zwei prallen Säcken machten wir uns auf den Weg in den Wald. Die Soldaten waren damit beschäftigt, ihr Lager wieder herzurichten, weil der aberwitzige Sturm fast alle Zelte losgerissen hatte. Alle waren schlecht gelaunt und übernächtigt. Der Junge, der in unserer Sprache zählen konnte, kam uns entgegen, warf einen Blick in unsere Säcke und begann die Zwetschgen zu Häufchen von je zehn Stück zu sortieren. Aber er zählte auf Italienisch, die Zwetschgen waren viele, und mein Hirn war jung und unverbraucht, und nachdem er diese Zahlen ein paarmal in seiner Sprache gesagt hatte, fing ich an, sie zu wiederholen. Es war leicht. Ahmo wurde wütend. ›Du zählst in der Sprache des Feinds!‹, fuhr er mich an.

›Der Papa hat auch Deutsch gelernt, als er im österreichischen Lager war.‹

›Er musste. Du machst es aus Spaß.‹

›Weißt du etwa, ob ich es nicht eines Tages ebenfalls muss?‹

So kam es also, dass ich damals auf Italienisch bis zehn zählen gelernt habe, beim Verteilen von Zwetschgen an die Faschisten. Und wer weiß – wie das Leben so spielt, erzählt ja vielleicht auch dieser Soldat seinen Enkeln heute, wie er einmal auf Serbokroatisch bis fünf zählen gelernt hat. Meine Geschichte können wir *Zehn Zwetschgen für die Faschisten* nennen, und seine heißt vielleicht *Fünf Äpfel von den Slawen*. Da siehst du, wie das Leben spielt – jeder erzählt seine Version!«

»Und dann?«

»Nichts, das ist alles.«

»Ja, aber was wurde dann aus den Faschisten? Wie ging es aus?«

»Es ging aus wie in allen Kriegen. Die Partisanen kamen, sie schossen aufeinander, ein paar waren tot, ein paar sind übergelaufen, weil es, sagten sie, mit dem Faschismus aus und vorbei war. Aber das muss ich dir nicht erzählen, das steht ja in den Büchern.«

»Okay, danke, Nana. Kannst du die Zahlen noch?«

»Klar! *Uno, due, tre, quattro, cinque, sette, sei, otto, nove, dieci*…«

»Nein, Nana, du hast zwei vertauscht, erst *sei*, dann *sette* …«

»Was?«

»Erst kommt sechs, dann sieben.«

»*Estagfirullah!* Jetzt willst du kleiner Angeber besser Italienisch können als ein echter Italiener …«

»Aber nein, ich meine ja nur – vielleicht erinnerst du dich nicht so genau und hast einfach zwei Zahlen vertauscht ...«

»Oh nein. Ich hab zwar kein anderes Wort Italienisch gelernt, aber die Zahlen kann ich.«

»Okay, okay, mach doch, wie du meinst!«

»*Uno, due, tre, quattro, cinque, sette, sei, otto, nove, dieci* ...«

Aus dem Autoradio kam Nanas belustigte Stimme; sie zählte, und man hörte ihrem Tonfall an, dass sie schmunzelte – wahrscheinlich machte sie sich über uns lustig: Sie hatte die Reihenfolge der Zahlen vertauscht, weil diese Geschichte ihr Eigentum war und sie damit machen konnte, was sie wollte; ob sie stimmte oder nicht, konnten wir sowieso nie herausfinden.

Der Onkel zündete sich eine Zigarette an und gab damit den Auftakt zu einem Fauchen und Knistern aufflammender Feuerzeuge und aufglühender Zigaretten, die eine nach der anderen angesteckt wurden. Alle schwiegen; dann kam das Signal einer SMS, aber niemand rührte sich. Die Kassette war zu Ende und sprang mit einem Klicken aus dem Fach des Autoradios.

Die Nachbarn vom Haus gegenüber gingen vorbei, drehten sich nach uns um, flüsterten miteinander. Was sie sahen, war eine Familie eingefleischter Raucher, in einem Zastava Baujahr 1986 ohne Räder.

»Ihr solltet öfter kommen«, sagte der Onkel schließlich.

»Das ist wahr ...«, pflichtete die Mutter bei.

»Es ist nicht gut, wenn wir uns nur zu solchen Anlässen treffen, wir müssten Ferien miteinander machen, abends grillen und Bier trinken …«, fuhr er fort.

»Wir könnten im August wiederkommen«, schlug Candide vor.

»Ja, das machen wir!«, sagte ich, während Zelig nur verlegen nickte, denn der Moment, seine Pläne zu verraten, war noch nicht gekommen – sofern sie überhaupt noch aktuell waren.

»Das wäre schön!«, fügte der Großvater geistesabwesend und ohne rechte Überzeugung hinzu.

»Ihr Männer könntet im See angeln«, meinte die Tante.

»Und wir Frauen nicht?«, fragte meine Cousine lächelnd.

»Doch, ihr auch«, antwortete ihr Mann.

Ich hatte auf einmal große Lust hierzubleiben; morgens nach dem Aufwachen Brot zu holen, angeln zu gehen, zu grillen, Radio Sarajevo zu hören, auf der Terrasse zu sitzen und auf den Sonnenuntergang zu warten.

Der Onkel drehte sich zu seiner Frau um. »Wir müssen euch endlich mal in Italien besuchen, seit einer Ewigkeit nehmen wir uns das vor …«

Wir nickten alle und waren uns alle bewusst, dass wir leere Versprechungen machten. Dabei hätten wir es wirklich gern getan, aber immer kam was dazwischen, das Leben, die Arbeit, das Geld, Termine, Zipperlein, Verpflichtungen, dieses idiotische Hamsterrad, in das wir jeden Tag von Neuem stiegen, ohne zu wissen, warum eigentlich, – immer gab es etwas, was dieser Fernbeziehung in die Quere kam.

Die Mutter zog ihr Handy aus der Tasche, schaltete es ein, las.

»Das war Giovanni. Vor einer Viertelstunde hat er geschrieben, dass er an der Abzweigung B ist.«

»Dann ist er jeden Moment hier«, sagte der Onkel.

»Ich warte auf der Straße auf ihn, damit er nicht vorbeifährt«, sagte die Mutter.

»Wir warten alle zusammen«, verkündete der Großvater.

»Okay«, sagten wir wie aus einem Mund.

Die Hälfte von uns wand sich aus dem Auto, die andere stand vom Mäuerchen auf, und wir gingen alle zusammen zur Straße hinunter, wo wir herumstanden wie ein Häufchen Demonstranten, das sich im Ort geirrt hat. Eine Nachbarin fragte von ihrem Balkon herunter: »Kommt sie jetzt?«

Wir nickten, sie schüttelte ungläubig den Kopf, als könne sie nicht fassen, dass Menschen sterben, und starrte uns durch ihre dicken Brillengläser unverwandt an.

Da standen wir auf der kleinen staubigen Straße, die jetzt nicht mehr geschottert war, sondern asphaltiert, genau an der Stelle, wo Nana vor vielen Jahrzehnten Zuflucht vor der Mittagshitze gesucht hatte und in den Stoffladen geraten war. Genau gegenüber. Jetzt war dort eine Werkstatt mit einer Glasfront und leuchtend blauer Schrift. Die Großeltern hatten fast ihr ganzes Leben hier verbracht, auf diesen zehn Quadratkilometern Erde.

Maulbeerbäume und blühende Linden säumten die Straße, und ihre üppig belaubten Zweige hingen so tief herab, dass sie einen grünen Laubengang bildeten.

Wo der Asphalt aufhörte, war die Erde feucht und körnig, an manchen Stellen so dunkel, dass sie fast schwarz war, an anderen hell, beinahe kupferfarben. Wenn man sie zwischen den Handflächen zerrieb, färbte sie die Haut orange. Ich musste daran denken, wie es aussah, wenn diese kupferne Erde sich mit dem Blut aufgeschlagener Knie vermischt hatte.

Woher kam diese Verbundenheit mit der Erde? Als ich Nana mal gefragt hatte, weshalb sie so großen Wert darauf legte, nach ihrem Tod in ihre Heimat zurückzukehren, antwortete sie, anderswo käme sie sich einfach fremd und verloren vor; aber bei der Vorstellung, auf dem kleinen Hügel zu liegen, den sie vom Park aus immer vor Augen gehabt habe, fühle sie sich zu Hause.

»Während meiner Schwangerschaften ging ich immer in diesen Park, und später war ich natürlich mit allen meinen Kindern dort. Auch mit deinem Großvater – oft saßen wir auf einer Bank und aßen Eis. Und mit dir war ich dort, meiner ersten Enkelin, und allen, die nach dir kamen. Und dieser Hügel voller Grabsteine passte auf mich auf, er erinnerte mich daran, was ich war. Ich habe ihn lieb gewonnen, dort möchte ich begraben sein, es gibt keinen besseren Platz.«

Der Kreis sollte sich schließen: Am Ende wollte sie dorthin zurückkehren, wo alles begonnen hatte. Dieser Gedanke tat mir weh, und ich wusste nicht, was ich davon halten sollte: War es besser, wegzugehen, zu rennen, nie zurückzukehren, möglichst viel Abstand zwischen Anfang und Ende zu bringen? Oder war es gut, den Kreis zu vollenden, indem man an den Ort zurückkehrte, an dem man zur Welt gekommen war? Was hatte einen Sinn? Oder anders – hatte überhaupt etwas einen Sinn?

Ich hatte Nanas Stimme im Kopf, die italienisch zählte: *cinque, sette, sei, otto …* Sie hatte ihren Sinn einfach darin gefunden, wie sie war, eigensinnig, jähzornig, boshaft; darin, die Realität zu packen, zu schütteln, durcheinanderzumischen, die festgelegte Ordnung, den Druck von außen, die Wahrheiten der anderen zu verweigern und stattdessen immer danach zu suchen, was *ihr* am besten zusagte, ihm ihren Stempel aufzudrücken und als ihren ureigenen Fußabdruck zurückzulassen. Es war gleich – genauso gut hätte sie sich fortwünschen können, hätte die Beine in die Hand nehmen und ausreißen können; stattdessen hatte sie beschlossen, in die Heimat zurückzukehren. Sie hatte schon früh verstanden, dass es im Leben nicht auf das Was ankommt, sondern nur auf das Wie.

»Wieso ist er nicht längst da«, sagte der Onkel, »ruf ihn doch noch mal an, das ist doch merkwürdig.«

Die Mutter tippte die Nummer und wartete, bis es am anderen Ende läutete, drückte das Handy fest ans Ohr und starrte vor sich auf den Boden. Nach einer Weile hielt sie das Telefon vor sich hin und betrachtete es verwirrt.

»Meldet er sich nicht?«, fragte Zelig.

»Teilnehmer derzeit nicht erreichbar«, antwortete sie nachdenklich.

»Vielleicht ist er in einem Funkloch, das passiert oft, das Handynetz ist hier nicht sehr zuverlässig«, versuchte der Onkel sie zu beruhigen.

Sie nickte, die Unterlippe zwischen den Zähnen, und ihre Augen fuhren hektisch von rechts nach links.

»Probier's du«, sagte sie, »vielleicht geht mein Handy nicht«, und reichte mir ihr Telefon, damit ich die Nummer abtippen konnte. Ich tat es, lauschte in die Stille und hörte schließlich die gewohnte Frauenstimme, die mir mitteilte, dass der Teilnehmer nicht erreichbar sei.

Ich schüttelte den Kopf. »Nichts. Warten wir eine Zeitlang, dann probieren wir's noch mal.« Ich bemühte mich, ruhig zu wirken.

»Vielleicht ist sein Akku leer«, meinte Zelig, der gern von sich auf andere schloss.

»Ja genau, das könnte es sein«, pflichtete Candide ihm eifrig bei.

»Ja, warten wir ein paar Minuten«, schloss die Mutter mit einem flehentlichen Blick auf ihr Telefon.

Kalter Schweiß rann mir vom Nacken den Rücken hinab. Nicht aufregen, gleich meldet er sich, gleich ruft er zurück, dachte ich. Er war doch schon hier, nur noch zehn Kilometer entfernt, er kann sich doch nicht in Luft aufgelöst haben, alles ist gut, die Geschichte wiederholt sich nicht, diesmal ist es anders, diesmal geht alles glatt. Und wenn nicht?, fragte eine bohrende Stimme in meinem Kopf.

Da standen wir mitten auf der Straße und beschworen unsere Handys zu läuten. Die schlimmsten Ereignisse meines Lebens waren immer per Telefon eingetroffen. Die Verluste, die mir am tiefsten unter die Haut gingen, kamen immer gestaltlos zu mir, losgelöst von

Raum und Zeit, auf akustischem Weg, getragen von verlegenem, fassungslosem, überrumpeltem, befreitem, bestürztem, verbittertem, schmerzerfülltem Atmen. »Hier ist Lania, die Tochter von ... Seit Jahren bin ich auf der Suche nach dir und habe jetzt endlich deine Nummer erfahren ...«, um gleich darauf den vertrauten Ton des Verbindungsabbruchs in den Ohren zu haben. Dann wieder war ich stumm geblieben, hatte keine Worte gefunden, hatte nichts erwidern können auf die Nachricht, die mir einen ganzen Lebensentwurf zunichtemachte. Oder ich hatte eine Nummer gewählt, hatte eine halbe Stunde in der Leitung gewartet, um dann von einer niedergeschmetterten Stimme die Antwort zu vernehmen: »Ihre Angehörigen werden derzeit vermisst. Wir tun unser Möglichstes.« Derzeit. Das Möglichste.

Daher schien mir diese aufgezeichnete Stimme, die uns die momentane Nichterreichbarkeit des Teilnehmers verkündete, ein entsetzliches Omen, die Auskunft, dass der Albtraum für den Rest des Lebens weiterging und wir die Opfer eines hämischen Schicksals waren, das jede Entwicklung im Keim erstickte. Vergeblich unser Kontrollwahn, die Sorge, alles zu planen und die Verluste einzudämmen, den Schmerz im Zaum zu halten. Wir mussten kapitulieren, die Waffen niederlegen.

Die Mutter rief abermals an, und als sie wieder niemanden erreichte, schleuderte sie das Telefon gegen das Mäuerchen. Plastikteile sprangen nach allen Seiten davon, während sie vor Wut und Schmerz zitterte. Der Onkel trat zu ihr, nahm sie in die Arme und sagte: »Ganz ruhig, er wird sich *nur* verfahren haben, er kann nichts für unsere Ängste. Er hat sich im Umkreis von zehn Kilometern verfahren, das ist ein lösbares Problem! Ich fahr jetzt los und suche ihn. Nein, wir fahren zusammen, du und ich!«

Statt einer Antwort ließ sie nur den Kopf an seine breite Brust sinken, wie um sich dort zu verstecken.

Es war fast neun Uhr abends. Und einer der längsten Tage des Jahres – nicht im übertragenen, sondern im kalendarischen Sinn. Es war die Stunde der Abenddämmerung, die Dunkelheit schien aus der Erde, aus dem Straßenasphalt aufzusteigen und sich ganz langsam zum Himmel zu erheben, der noch eine Weile Widerstand leistete und blau leuchtete. In den Fenstern gegenüber gingen nach und nach die künstlichen Lichter an, aus manchen flackerte der bläuliche Widerschein eines Fernsehers. Leute traten auf Balkone hinaus und riefen ihre Kinder: »Abendessen!« Die Kinder hörten nicht, sondern spielten ungerührt weiter, und erst beim dritten, kategorischen Ruf kapitulierten sie, und man hörte das metallene Scheppern hingeworfener Fahrräder, das gemächliche, anfangs noch federnde Ausrollen von Bällen, bis sie irgendwann, irgendwo liegen blieben, schnelle, gummibesohlte Schritte kleiner Sportschuhe, die nach Hause eilten. Der Spieltag war zu Ende, am nächsten Tag ginge es dort weiter, wo es am Abend zuvor abgebrochen worden war.

»Mama!«, rief Candide.

Zelig und ich fuhren herum und blickten in die Richtung, die sein Arm uns wies.

»Mama!«, schrien wir alle drei und liefen zu ihr, die jetzt

beide Arme in die Luft warf, triumphierend oder kapitulierend, wer weiß es; ihre Miene war jedenfalls dieselbe wie der Ausdruck des Mädchens auf den sepiafarbenen Fotos.

Am Ende der Straße, anderthalb Kilometer entfernt, umrahmt vom Blätterdach der Bäume, war hinter der Biegung ein Wagen aufgetaucht. Schwarz, glänzend, groß. Das war Nana. Es konnte Nana sein. Es musste Nana sein, unbedingt. Wir machten Luftsprünge, fielen uns gegenseitig um den Hals, lachten und weinten und jubelten.

»Das ist sie! Das ist sie!«, schrien wir verwirrt und ungläubig.

Wir waren frei! Es gab kein Urteil, kein vorherbestimmtes Schicksal; das Leben gehörte uns. Ich atmete tief ein und aus und war mit einem Mal sicher, dass ich nie wieder das Bedürfnis hätte, die Flucht zu ergreifen – der enge Käfig unserer Gefangenschaft war gesprengt; wir hatten wieder den Raum, den wir zum Leben brauchten.

Hätte ein neugieriger Blick hinter dem dicken cremefarbenen Vorhang hervorgespäht, hätte er elf Erwachsene und ein zweijähriges Kind gesehen, die mitten auf einer staubigen Straße Freudensprünge veranstalteten. Hat man je Leute gesehen, die derart selig sind beim Anblick eines Leichenwagens?

Dank

Ich danke allen, die in erheblichem Maß am Entstehen dieses Buchs beteiligt waren: Nermin Mujčić, Irvin Mujčić, Nadja Mujčić, Hatidža Mehmedović, Lara Facondi, Achille Rinella und Venesa Mehmedović.

Danke dem wunderbaren Giuliano Geri für seinen fachkundigen Rat.

Danke Loretta Santini, Giulia Caminito und Marzia Grillo für ihre Einfühlsamkeit und Professionalität bei der Arbeit an diesem Buch.

Danke allen Freunden für ihre Zeit, ihre Ideen und Vorschläge: Valentina Acerbi, Valentina Rimondi, Francesco Mosciatti, Francesco D'Ignazio, Christian Galbassini, Nicole Janigro, Guido Barbujani, Manuel Stefanolo, Milli Ristori, Antonia Adurno, Elena Carulli, Claudia Moschini, Jelena Mijić und Paolo Valentini.

Jaroslav Rudiš

Die Stille in Prag

Roman

240 Seiten, btb 74698
Aus dem Tschechischen von Eva Profousová

Ein Techno des Herzens – cool und elegant

Jeder Aufbruch hat einmal ein Ende. Die Revolution, die
Anfang der 90er Jahre das Leben in Prag zu einer einzigen
großen Party machte, ist längst vorbei. Jetzt ist Spätsommer,
das Licht ist bereits schwach und träge geworden. Doch bevor
sich der Sommer endgültig dem Ende zuneigt, wird für fünf
Menschen nichts mehr so sein, wie es vorher war …

»Endlich wieder einmal ein Prag-Roman, und zwar ein guter.«
Christoph Bartmann, Süddeutsche Zeitung

btb

Stephen Uhly

Glückskind

Roman

288 Seiten, btb 74612

**»Dieser Roman ... eröffnet ein ganzes Universum!
Ein berührendes, ein grandioses Leseerlebnis!«**
Egon Ammann

Deutschland 2012. »Warum war ich überhaupt so, wie ich
war?«, fragt sich Hans D. Jahrelang hatte er keine Fragen
mehr. Im Gegenteil, er war kurz davor, fraglos aufzugeben.
Und dann? Dann bringt er den Müll hinunter, geht zu den
Tonnen, findet im Müll ein Kind. Es beginnt ein berührender
Prozess über die Entscheidung, was geschehen muss. Das Kind
behalten, es verbergen? Und die Mutter? Eine Mordanklage
zulassen, wider besseres Wissen? Was ist gerecht? Wie
handeln? Am Ende der Geschichte sind die Dinge neu
geordnet. Ein Kind wird überlebt haben, und mit Hans D.
werden wir wissen, dass Liebe der Schlüssel ist für Erkenntnis,
Veränderung, ein gutes Leben.

»Das Buch ist wahrlich ein Glücksfall - auch für den Leser.«
Andrea Steiler, Münchner Merkur

btb